愛内なの
イラスト：浅ひるゆう
雨の中、ギャルを拾う。
ぷちぱら文庫
creative

プロローグ 恋人みたいに

ひとり暮らしの夜。布団の中で、とてつもなく孤独を感じることがある。

別に寂しがり屋というわけではないし、人並み程度には友人もいる。話し相手がいないわけでもない。

けれど、ふとした瞬間。まるで世界にひとりになってしまったような、深い闇の中に取り残された気分になることがある。

そんなときは大抵、癒やし系の動画をスマホで観ながら寝落ちするか、酒を飲んで忘れるようにするのが俺——山西裕樹《やまにしゆうき》のお決まりの行動だった。

そう——『だった』だ。

少し前までは、孤独を感じる夜、俺を拒絶するかのように硬く冷たく感じていた布団の中に、今は暖かな存在がある。

「……ねえ？　裕樹……起きてるんでしょ？」

曇りのない、潤いのある若い女性の声が、俺の耳元でそう囁いてくる。

「ん……？　さあ、どうかな……」

「あはっ。やっぱり起きてた♪」

彼女——上里舞由《うえさとまゆ》は、猫のようにベッドにもぐりこんでくると、ピッタリと俺の背中へ身体を密着させてくる。

「どうしたんだ？　舞由。こんな時間に」

そんなふうに聞かなくとも、彼女がこんなふうに甘えてきている時点で理由はわかっている。

それでも、あえて俺は気付かないふりをして、舞由に背中を向け続けた。

「むぅ……イジワル……」

不満げなつぶやきと共に、舞由がぎゅっと俺に抱きついてきた。

彼女の表情は見えないが、たぶんその口元は尖っているに違いない。

「ねえ……裕樹……」

甘い声で俺を呼び、二つの柔らかい膨らみを押し付けてくる。

それはとても心地良い感触で、伝わってくる鼓動も俺の身体の奥を熱くさせる。

これは明らかに誘ってきている。

舞由にそんなふうにされて、何もせずにいられるほど俺は枯れていない。

形の良い尻や、肉付きの良い太ももなどを前にすれば、どうにも男の部分が抑えきれなくなってくる。

「……ふう……明日も仕事なんだがな……」

「それじゃあ……やめておく？」

「そんなわけないだろ」

そう答えながら、背中にくっついている舞由と向かい合うように体の向きを変える。

俺がそうすることは、わかりきっていたのだろう。

彼女は嬉しそうな笑みを浮かべていた。

「ふふ。裕樹ならそう言ってくれると思ってた♪」

「この……小悪魔め」

若い彼女には振り回されることが多く、自分には不似合いだとはわかっているが、そうとしか言いようがない。

「いいんだな？」

「そんなこと聞く必要がある？」

上目遣いに俺を見つめる舞由の体を抱き寄せ、キスをする。

「あん……ちゅっ、んんぅ……」

唇と唇を触れ合わせるだけのキスは、すぐにより大胆に、激しくなっていく。

「ちゅっ、んんぅ……あんっ、はあ……ん～～……ちゅぷっ♥」

熱いくらいの柔らかい唇が、俺を求めるように吸いついてきたかと思うと、舞由はさらに舌を伸ばして口内へと差し入れてくる。

やはり誘ってくるだけあって、とっても積極的だ。

当然、俺も迎えるように舌を絡ませ、より深く相手を味わう。

「んっ、ん、んうっ⁉　んあっ……はぁ、はぁ……裕樹の舌が……ん、ちゅ、あむぅぅんっ♥」

甘くさえ感じる彼女の唾液を味わいながら、舌を絡め合う。

ぬるぬると互いの舌が触れ合うたび、しびれるような電気が背筋に流れていくような感触を楽しみ、さらに激しくキスをかわす。

「んっ、ちゅ、ちゅむ、んんっ、んんっ、ちゅぴ、ちゅ……」

舌と舌を絡め、押し付け、擦り合わせる。熱く濡れた粘膜同士の触れ合いが、妙に気持ちいい。

その感覚が、俺を性の獣へと変えていく。

彼女の背中に回していた腕を戻し、その豊かな膨らみへと触れる。

「ん、ああんっ⁉　んふふ……おっぱい、もう触ってきてるじゃん……はうっ、ああんっ……」

「それはもちろん。触りたくなるような双丘がそこにあるからな」

「んんぅ……やっぱり裕樹も、その気がないふりして、シたがってたんじゃない」

「ははっ、バレたか。でも舞由のほうから誘われなかったら、しなかったけどな」

彼女が一緒にいてくれるだけでも、十分だ。

それだけでもう、体の奥にぽっかりと穴が空いているような気持ちを感じることもない。

けれど、求められれば応えたくなるし、舞由のような美少女に誘われ、自制する必要などない状況となればなおさらだ。

欲望のまま、彼女とこうしたくなるのも当然のことだろう。

「んっ、あうっ、はんぅ……それじゃあ、まるで私がエッチな子みたいに聞こえるんだけどっ……もう……」

「ん？　違うのか？」

そう答えながら、俺は舞由の胸への愛撫を続ける。

若さもあるのだろうが、触れた手の平を押し返す弾力は素晴らしく、いつまでもこうして触れていたくなる。

「あうっ……そう言われちゃうと、違うって言えないけど……んあっ、はぁ……でも、私のこと、こんなふうにしたのは裕樹なんだからね？」

「さて、どうだったかな？」

「あ、ずるい……あうっ、はっ、あんんぅ……そんなこと言うなら、こうしちゃうし♪」

されるがままだった舞由が、反撃とばかりに手を伸ばして俺の股間をさすってきた。

「あっ、もうこんな硬くしてるの？　ふーん……やっぱり裕樹のほうがエッチじゃん」

「くっ、それは……舞由みたいな子と、こんなことしてたら自然とそうなるって」

「私みたいな子って、どういう意味なのかなー？」

答えがわかっていて、あえて聞いてきているのだろう。

惚《とぼ》けたり、誤魔化してもいいが……今まで、何度も口にしてきたことだ。今更だろう。

「舞由みたいに、可愛い子と、だよ」

「ふふ、ありがと♥」

軽く流すようにそう言ってはいるが、意外と頬が赤くなっている。

思いの外、ちょっと照れているようだ。

見た目のすれた感じとは違い、初心《うぶ》なところがあるんだよな。

……本人は気付いてないかもしれないけれど、そういうギャップもまた、俺の男心をくすぐる。

もっと触れたい、彼女が欲しい。

だんだんと気分が盛り上がり、彼女の体のラインをなぞるように手を撫で下ろしていく。

「はあっ、あっ。んんぅ……ああっ!?」

舞熱い吐息をこぼし、舞由が軽く体を捩《よじ》る。

引き締まった太ももを撫で、股間に触れようとすると――。

俺の手から逃れるように、舞由はくるりと体の向きを変えて背中を見せた。

先ほどとは、逆の体勢だ。

「……………え？　舞由？」

いきなりのお預けに、俺は戸惑ってしまう。

「明日も仕事なんだよね？　だからここまでね～♪」

「ちょっ⁉　それはないだろ？」

すでにエロのギアはかなり上がっているし、こんな状態で寝られるわけがない。

「なあ、舞由？　どうしたんだ？」

今度は逆に俺のほうから舞由の背中へ抱きつき、耳元で囁くように優しく尋ねた。

しかし、別に機嫌が悪くなったわけではなさそうだ。

「…………ふふふ……うーん、どうしよっかなー。でもさっき、誰かさんはお預けしようとしたしー」

どうやらさっきのイジワルを根に持っていたらしく、ちょっとした意趣返しのようだ。

「舞由としたくないとか、そういうことを言ったんじゃないぞ？」

「わかってるけど、あんなふうに言われて傷ついちゃったなー」

本気で拒絶されているわけじゃないようだ。彼女なりの焦らしプレイのつもりらしい。

ただ、俺のほうはもうどうしようもなく興奮しているので、焦らし、焦らされという行為に付き合うつもりはない。

「……いいさ。じゃあ、このままさせてもらうとしよう」

「え……?」

後ろから抱き着いたまま、俺は舞由の胸を再び揉み、捏《こ》ねる。

「ひゃっ、んゃあぁんっ♥」

くすぐったそうに、舞由が体を軽く捩る。だが、逃がすつもりはない。

左手は胸を愛撫しながら、右手を股間へと這わせる。

パンツの上から軽く秘裂を撫でると、舞由の息がだんだんと荒くなってくる。

「はあ、はあ……ん、あっ、は……」

力のこもっていた太ももが緩んだところで、ショーツの上からではなく、彼女の秘所に直接触れる。

「んああッ! あ、ひゃ……そ、そこ、だめ……んっ、ふぁあ……!」

「そんなこと言っても、本当は待っていたんじゃないか? ここは、切なそうだぞ」

「え? あうぅ……」

割れ目を押し広げるようにして触れた敏感な粘膜は湿り気を帯び、その奥にある膣口がヒクついているのがわかる。

「触っている指、舞由の愛液でぬるぬるになってるぞ？　こんなにびしょびしょなら下着にシミができているレベル――」

「ああっ⁉　も、もうっ、言わないでよっ！　バカっ！　んんぅ……」

抱いている舞由の体温が一気に上がり、耳の後ろまで赤くなっている。

事実であっても――いや、事実だからこそ、あえて言葉にされると恥ずかしいのだろう。

「悪い悪い。そこまで待たせてたとは思わなかったんだ」

「そ、そういう意味じゃなくてっ……」

「舞由も本当はしたかったんだな。このまま続けようか」

わざと勘違いしたようなことを口にしながら、さらに彼女の敏感な場所への愛撫を続ける。

熱さを増す膣口に指先を軽くめり込ませ、グリグリとほぐすように弄っていく。

「あうっ⁉　ふあぁぁあぁ……あうっ、はんんぅっ！」

強まった刺激に喘ぎ声が甘さを増す。

にちゅにちゅと淫らな水音を立てながら、指先をちゅぷちゅぷと出し入れすると、奥からさらにねっとりとした愛液が滲み出てくるのを感じる。

「どんどん溢れてくるぞ？」

耳タブを軽く噛みながら、羞恥を煽るように囁くと、舞由はぶるっと体を震わせる。

「あっ、やうっ、やだ……もっと出ちゃう……んんぅっ！　はあっ、あぁ……」

恥ずかしがってぎゅっと内ももを閉じようとするが、それでも構わず指先を動かす。

「こらこら、閉じるなって」

「あうっ、んんぅっ⁉　あっ、やうっ……裕樹の指が……んんぅっ！」

むしろその反応が見たいがために、さらに指を深く挿入すると、円を描くように大きく回していく。

「はあっ、はあっ、あぁんっ！　だ、だめっ、それ以上は私……んんぅっ！」

「ダメじゃないさ。ほら気持ち良くなっちゃえばいい」

何度もこうやって体を重ねてきたからか、舞由の体の感度はかなり良くなっているようだ。

快感に身体を軽く震わせる舞由を少し刺激してやると、膣道を収縮させ、愛液を吹き出した。これくらい濡れているのなら、そろそろいいか……？

「そんな、されたら……んんぅっ！　ホント……あっ、これ以上はマジで……マジ、イクぅっ！　んんんんぅーーっ♥」

俺の腕をぎゅっと強く掴み、甘い悲鳴を上げながら全身を強張《こわば》らせたかと思うと、腰がびくんと跳ねた。

「んくっ、ふあぁあぁ……はあっ、はあぁ……あんんぅ……ま、真っ白になっちゃたぁ……♥」

収縮から解き放たれたように、舞由が気持ちよさそうに脱力する。

上手く絶頂へ導けたようだ。

「良かったな。これで準備はできたみたいだな」

「んんぅ、はぁぁ……うん♥ あんっ……」

このままだと、愛液や潮で服がべしょべしょになってしまいそうなので、やや強引に脱がしてしまう。

「相変わらず、すべすべだな。舞由のお尻は」

きゅっと引き締まっている臀部に触れると、きめ細やかな肌の感触が手の平に伝わってくる。

「んあっ、あんぅ……お尻だけじゃないし」

「知ってるさ。ここもだろう？」

「んあっ、やうぅんっ！」

彼女も自覚しているだろう爆乳を直に触ると、くすぐったそうに身をゆする。

いい触り心地だが、舞由は俺に背中を向けたままなので、ここはむっちりとしたお尻をメインに弄っていきたい。

「え？ あうっ、はんぅ……裕樹、おっぱいじゃなくてお尻を撫でてる……あんんぅ……

珍しくない？」

「そんなことないだろ？　舞由の身体はどの部分も好きだからな」

「んっ、んあっ、はんぅ……そんなこと言うなんて……んっ、あ……裕樹、なんかヘンタイっぽい――んぁあんっ♥」

からかおうとした彼女の言葉を封じるように、強めにお尻を揉み捏ねる。

焦らされた上に、達したばかりだ。舞由はこれ以上待ちきれないといった様子で、俺のほうへとお尻を押し付けてくる。

さて、そろそろ入れたいところだが……布団の中は、やはりやりにくい。

「ちょっと動くな」

「え？　あっ、この格好で……？」

掛け布団を押しのけると、そのまま舞由を抱きかかえ、バックの姿勢へともっていく。

「ああ。それじゃ入れるぞ、舞由」

「うん。来て、裕樹♥」

ツンと突き出してくるお尻を掴み、トロトロに濡れて熟れた膣口へと肉棒をねじ込む。

「んあっ⁉　はううぅんっ♥」

彼女の膣内は抵抗なく、ぬるっと俺の全てを受け入れた。

「んあぁっ！　はふうぅ……ふふっ。奥のほうまでいっぱい入ってきちゃったっ♥　ああぁ……入れられただけなのに、気持ちいいよぉ……♥」

「くっ……俺もだよ、舞由」

前戯のおかげもあってか、かなり滑りはよかった。

しかし、膣内はまだかなり狭く、肉棒へピッタリと柔肉が貼りついてくるようだ。

気を抜くと、すぐにでも出てしまいそうな刺激に耐えながら、快感の波をやり過ごすために、そのまましばらく待つ。

「んんぅ……ねえっ、裕樹、早く早くぅっ♥」

舞由は切なげに訴えると、自ら腰を動かし始めた。

「まったく……欲しがりだなっ」

「ううぅんっ！　んはっ♥　あっ、あぁぁんっ！」

射精感を堪えながら、舞由の動きに遭わせるように腰を打ちつける。

「はうっ、くううぅんっ！　あっ、ああっ、奥のほうまでっ……んっ、んっ、すごく太いのに……擦られてるぅっ！　んああっ♥」

イッたばかりだからか、舞由はいつも以上に感じているようだ。

腰を使うたびに、おまんこがペニスを締めつけ、淫らな水音を奏でる。

「あうっ⁉　んんぅ……やだ、こんなにエッチな音、出ちゃってるし……あっ、あんんぅ……裕樹っ、音……出さずにシてっ……んんぅ……でも気持ち良くもしてほしいぃ……あっ、あんっ……」

「無茶言うなよ。舞由が出さなければいいだけだろう？　このスケべな汁《つゆ》を」

「んえぇっ⁉　あうっ、んんぅ……そんなのできるわけないじゃん……んっ、んんぅ……こんなすごいおちんちんにぐりぐりされたら、エッチなお汁を出さないとおかしくなっちゃうぅ……あぁぁっ♥」

「いや、俺のは人並みだけどな。とは言っても、そうやって舞由に言われるのは何だか嬉しいもんだなっ」

「んあぁぁっ⁉　あうっ、あっ、あぁぁっ！　だ、だからってまた張り切って激しくしなくてもいいのにぃ……あうっ、くんんぅっ！」

滾《たぎ》る情熱と性欲を肉棒に込め、力を漲《みなぎ》らせて舞由の中を思いのままに行き来させる。

「あっ、はうっ、んんんぅっ！　あうっ、こ、これじゃまたすぐ来ちゃうぅ……んっ、んんぅっ！」

「いいんじゃないか？　実は俺も結構、厳しかったりするんだが……」

「えっ？　あんんぅ……あっ、はんんぅ……そうなの？　裕樹が気持ち良くイけるまで我慢しようと思ってたんだけど……あうっ、はんぅ……だったら私も全開で、目一杯、楽しんじゃうからっ♥　あっ、んんぅっ！」

舞由も熟れてきたようで、俺のピストンに合わせて腰を押し付けようとしてきている。

「ぐおっ⁉ ちょっ、締めすぎだ……」

しかも最近覚えた、膣圧の巧みな技を使って俺を責め立ててくる。

「んあっ♪ はあぁぁん♥ ふふっ、エッチな声出しちゃってる～♪ もう余裕がないの？ あんっ、んんぅ……いいよ。そのまま好きなときに出してぇ～～っ♥」

「うぐっ……そういう卑猥なセリフで煽るなよ……興奮しちゃうだろっ！」

「ふわわっ⁉ きゃうっ、んっ、んんぅっ！ やんっ、裕樹の本気のパンパンっ、きたあぁっ♥ あうっ、くんんぅっ！」

もう少し伸ばそうと思ったが、本当に俺の限界が近い。そして、舞由も同じように感じているのだろう。

「ふあっ、んんぅっ！ ああっ、また大きくなったみたいぃ……ああんっ！ ふあああぁっ⁉ ああっ、すごいとこまで届いちゃってぇ……これもうっ、すぐっ、すぐにイクイクイクううぅっ♥」

「くっ……それじゃ、そろそろ出るぞっ！」

「うんっっ、いいよっ、あっ、あぁぁっ♥ 私もっ、いっ、イクうううぅぅぅぅっ！」

ビクンと大きく背中をそらした舞由が、絶頂で膣内を震わせる。

「おおっ！」

ドピュッ！ ビュルルルッ！

「ふひゃあぁぁんっ⁉　んあっ、あっつううううぅぅぅぅっ♥」

舞由の絶頂とほぼ同時に、膣内からペニスを引き抜く。彼女の真っ白なお尻に、迸る精液をぶっかけた。

「んんぅっ、んはぁぁ……あふぅ……裕樹のせーえき、いっぱいかかっちゃったぁ……♪はふぅ……気持ちよかったぁ……♥」

満足げな笑みを浮かべ、舞由は大きく息を吐きながら、お尻を突き出したままで上体を崩してベッドにへたり込む。

「はは。ちょっと早かったけど、そんなに感じたならよかった」

「んんっ、はぁぁ……裕樹とエッチして感じないわけないいじゃない……んんぅ……あっ、垂れちゃうぅ……」

舞由にぶっかけた精液が、アナルと秘部へゆっくりと滴り落ちてゆく。

その姿もまたなんとも艶めかしい。

こうして、この美少女を俺のもので染め上げた。

そんな思いが軽い疲労感と共に湧いてくる。

美少女と楽しいセックスライフ。

少し前までは、想像さえしなかったような状況だ。

年齢的にも容姿的にも、本来なら接点のないはずの舞由。

そんな彼女と一緒に生活し、一緒に寝て、セックスをしている。

しかも、彼女のほうから積極的に求めてきてくれるのだから、もう言うことはない。

……あのとき、声をかけて良かったな。

まだ息が上がっている舞由を見ながら、俺はふと、こんな幸せな状況になったきっかけを思い出していた。

第一章　雨の日の奇跡

雨の日は、あまり好きじゃない。

通勤のときに蒸すし、靴は汚れるし、スーツが濡れるので手入れが面倒だ。

梅雨や秋雨のように、しとしとと降り続けば、気分も下向きになるというものだ。

そんなときだからこそ気付いたし、気になったのかもしれない。

家へと帰る途中の通りから、やや引っ込んだ場所にあるアパートの軒先に、身体を縮めるようにして座りこんでいる制服姿の女の子がいた。

傘も持たず、ただ雨に打たれて体を震わせていた。

「はあ……」

思わず溜め息がこぼれる。

俺のような、おっさんに片足をつっこんでいる、うだつの上がらないサラリーマンが声をかけるというのは、かなりのリスクがある。

そういう目的でなく、純然たる親切心からだとしても、周りは、世間は、そう見ない。

事案だ、援交だ、淫行だと、あっという間に追い込まれ、事実がどうであっても断罪されることになる。

だから、こういうときのもっとも正しい対処は『見て見ぬふりをして、放っておく』ことだ。

そんなことは、わかっているんだけど……。

「はあ……」

再び、深い溜め息がこぼれる。

……気になっちまったんだから、しかたないよな。

俺は自分にそう言い訳をしながら、膝に顔を埋めるようにしている彼女に声をかけた。

「……こんなところにいると、風邪引くぞ？」

「……っ」

驚きに顔を上げた姿を見て、自分の判断が間違っていたかも、と思ってしまった。

目の前の女の子は、ちょっと見ないくらいに整った顔をしていた。

もっとも、髪を派手に染めているし、年齢にそぐわないやや派手めのメイクもしている。

制服だって着崩しているようだ。

学生時代から苦手意識のあった陽キャ系の人種——いわゆるギャルに分類されるタイプだと思う。

「なに、おじさん。もしかして、ナンパ？」

　どこか投げやりな態度で、そんなことを聞いてくる。

　まあ、彼女くらいの美少女——いや、美人ならば、うんざりするほど男に声をかけられているのだろう。

　だからそう判断するのもわからなくはない。

「……この傘をやるよ。あと、少ないけど金も。駅に戻れば漫喫があるから、そこでシャワーを浴びるくらいはできるはずだ」

　問いかけに答えず、傘を押しつけるようにして渡し、さらに財布に入っていた数枚の千円札を強引に手渡す。

「……なに、これ？」

「だから、漫喫代だよ。これくらいあれば、一晩くらいはいられるはずだろ？　まあ、それが嫌なら好きに使ってくれ」

　そう言って背中を向けて立ち去ろうと——。

「ちょ、ちょっと待ちなよっ」

「俺はうだつの上がらないサラリーマンでね。そんなに裕福じゃないんだ。それ以上は出せないぞ？」

「なんでこんなことするわけ？」

「自己満足だよ。後で自分が嫌な思いをしたくないからやってることだから、気にしなくていいぞ？」

俺がそう言うと、きょとんとした顔をしていた少女は、にんまりと笑う。

あ、なんだか嫌な予感がする。

「私は、舞由っていうの、よろしく」

「あ、ああ……よろしく」

「………おじさんの名前は？」

「え？」

「だから、おじさんの名前だよ」

俺の顔をのぞきこむようにして、そんなことを聞いてくる。

適当な偽名でも口にするか、とっとと会話を終えて帰るかすべきだろう。

そう思ったのだけれど……俺は、素直に自分の名前を答えていた。

「あー、山西裕樹だけど」

「ふーん、ユーキさんか。ね、ユーキさんの家に泊めてよ」

「はっ⁉ なんでそんな話になるんだよっ」

「だって、傘とお金を渡すほど、私のことが気になってるんでしょ？ だったら、一緒にいたほうがいいじゃん」

「どういう理屈だ？　だいたい、キミみたいな――」

「舞由、だよ。舞由って呼んでよ」

押しが強いというか、ぐいぐいくるな。

学生時代から、あまり女の子と関わり合いのない生活を――ありていに言えばモテない生活をしていたので、俺はこういうのにめっぽう弱いのだ。

「なあ、ええと……マ、マユ」

「んふふっ、どもってるー」

からかい混じりの笑みを向けられ、俺は視線を逸らす。

まっすぐに見るのが照れくさいので、そのまま言葉を――お説教を続ける。

「いいか、俺みたいなおっさんが家に連れこんだりしたら、社会的に死ぬことになるんだ、わかるだろ？」

「私のほうがあがりこむんだから、だいじょうぶじゃん♪」

そう言うと、俺の腕をとってぎゅっと抱きついてくる。

「……っ」

柔らかな膨らみの感触に、思わず体が強ばる。

スタイルが良いな、と思っていたが、どうやら見た目よりもボリュームがあるようだ。

「ほらほら、いつまでもこんなとこにいたら、濡れちゃうよ？　行こっ」

自分には、特に守るものもない。これで会社を辞めることになっても、それはそれでいいか……。そうのぼせてしまう程度には、彼女は魅力的だった。

「……はあ、わかったよ」

半ばやけっぱちで、俺は舞由と共に自宅へと戻ることになった。

あー……どうするかな、この状況は……。

帰宅した俺は濡れた身体をざっと拭き、部屋着に着替えると、ぼんやりテレビを眺めていた。

問題の彼女は、さすがにずぶ濡れのままにしてはおけないので、今は風呂に入らせている。ただでさえ、社会的にはかなり危ない状態だが、さらに風呂に入れるというのはもう、牢屋に片足を突っ込んでいると言っていいのかもしれない。

それに家には女性ものの服などあるわけがなく、当然、俺の服を渡すしかないわけで……

それでも一番肝心な下着がない。

そんな状況で彼女と向かい合って、平常心でいられるかどうか……。

「あ、そうか。向かい合わなければ良いんじゃないか？」

「え？　なにか言った？」

「はっ⁉　い、いや……」

つい口に出していた独り言を聞かれ、少し恥ずかしくなった。

「あー、さっぱりした～。ユーキさん、ありがと」

そんな俺の状況に気付かない様子で、舞由が俺の前に座る。

いや、だから正面に来るなって……。

わざとテレビを正面にして見るポジションに座っているのに、なぜか彼女はそのテレビに背を向けて、正面から俺の顔を見てくる。

十分に温まったのだろう。少し肌に血色が戻り、頬もほんのりと赤くなっている。

濡れた髪の毛が首筋に垂れ、Tシャツの首元からは綺麗な鎖骨が見える。

そして横座りしている彼女の下半身のほうは、艶のある白い肌の太腿と、そこからスラリと伸びる長い足が――。

「……ん？　ちょっと待て。なんでズボンを穿いてないんだ？」

風呂に入れるとき、確かに俺のシャツとズボンを渡していたはずだ。

「あ～、あれのこと？　あのズボン、ダボダボすぎてサイズが合わなかったの。あとやっぱダサいし」

「だ、ダサ……」

別におしゃれに気を遣っているわけじゃないが、パジャマにまでセンスが問われるとは……。

「あ、女の子としてはって意味だから。お――兄さん的には大丈夫だと思う。うんっ、大丈夫」

「むしろ『お』のあとの間がものすごく気になるが……というか、今さらお兄さん呼ばわりはないだろ。最初からおじさんって呼んでたのに」

「あはは。あれは雨で見間違えたんだよねー。本当にユーキさんはまだお兄さんだってば」

一応、気を遣っているのか、そんなふうに言ってくれているが、内心は苦笑いだろう。

しかし、そうなると舞由は今、裸にTシャツ一枚という姿になる。

………み、見るなよ？　絶対見るなよ⁉

視線をなるべくテレビのほうへと集中させようと努力する。

「なに、観てるの？」

ウソだろっ⁉　なんで気がつくんだっ⁉

「なっ⁉　い、いや、別に……」

「あっ！　このお笑い番組、私も好きだよー。マジ、楽しいよねー」

「あっ？　あ、ああ……おう……」

どうやら舞由はテレビの話をしていたようだ。

だが俺は視線だけは画面を向いているが、さっぱり番組の内容までは頭に入ってこなかった。

風呂上がりの美少女が俺の狭い部屋にいる。

そんな状況のせいで、したくもないイケナイ妄想が膨らみ、どうしても目が彼女のほうへと行ってしまう。

「…………で？　本当はなにを見てるの？」

「……え？　い、いやだからほら、お笑いだろう？　あはは。ウケるよな？」

「ふ～～ん……今、お葬式のＣＭだけど？」

「え……あっ⁉」

よく見ると、画面の中で妙齢のご婦人が、ありがたいことを言っていた。

これがウケるとか、俺はサイコパスかなにかなのか？

「あー…………すまん……ちょっと舞由の服装が気になって見てた……」

言い訳がまったく思いつかず、正直に謝った。

「へぇ……そういうのちゃんと言っちゃう人なんだ？」

「本当のことだしな……な？　気持ち悪いだろう？　だからちょっと落ち着いたら、もう出ていったほうが良いぞ」

一度保護したとはいえ、やはりそういう事態が起こらないともかぎらない。

俺の理性のタガなんて、しょせんは薄っぺらい見栄だけだ。

「う～ん……そうかな？」

しかし舞由はなぜか、そんな俺を警戒していなかった。

「いやいや……そうだろう？　普通に考えて……俺もおじさんではあるけど男だからな？　まだ女を見れば襲うくらいの性欲は残ってるんだぞ？」

「でも、襲ってないし？」

「うっ……ま、まあ、そうなんだが……」

「それにむしろきちんと言ってくれたほうが、逆に安心するよ。興味ないのかなーって思わせておいて、急に襲ってくるとか、すっごい怖いし」

「た、確かにな……でも今、そういう目で見た俺と一緒にいて怖くないのか？　襲わないとは言ってないんだぞ？」

「襲うって言って襲う人ってあんまりいないと思うけど……じゃあ、ユーキさんは私を襲うの？」

真っ直ぐな瞳で聞き返されてしまった。

「ぐっ……」

そう聞かれても、かまわずに襲えるような性格だったら、とっくに手を出しているだろう。

「はあぁぁ……。やらないよ。やれるわけないだろ」

ちょっと怖がらせて帰らせようとすることもできたが、こんな遅くに追い出すのもやはり後味が悪い。

「ふふ……そうだと思った。だから私、お風呂を素直にもらったの♪」

俺の浅い考えなんて、最初から見透かされていたようだ。

どうやら俺はこの年下の美少女に、勝てそうもない。

「……で？　見てたのって服装だけ？」

ニヤリと笑いながら、そんなことを言ってきた。

どうやら正確にきちんと、俺の取った行動を言わせたいらしい。

しかも俺自身の口で。

意外……でもないが、どうやら舞由はイジワルな性格だということはわかった。

「ぐっ……ああ、見てたよ。舞由の風呂上がりの色っぽい素肌とか、大きい膨らみとかをな」

「やだー。イヤラシっ♥」

そう言って、胸を隠そうと腕を上げ——。

「……は？」

気付いたときには、彼女が俺の手を握っていた。

「じゃあ……そういうイヤラシイこと、してあげよっか？」

「は、はあっ？　バカを言うな。今、襲わないって言ったばっかりだろ」

「だから襲うんじゃないの。むしろ私が襲うほう？」

「襲うって……俺、襲われるのか？」

「まあ、なんというか……お礼だよ。泊めてもらう」

「お礼って……別にそんなことを期待して保護したわけじゃないんだぞ？　本当に」

正確に言えば、完全に期待がなかったと言えば嘘になる……。だが、少なくとも風呂上がりの時点までは、考えていなかった。

「へ〜〜？　本当に？」

「そこは本当だ」

「じゃあエッチなことは考えなかったと？」

「ぐっ……か、考え……なかったかもな……」

端切れが悪く、最後のほうはゴニョゴニョと口ごもってしまうほどの否定だったが、一応は否定できた。

「……でも私の裸には興味があったんでしょう？　だからテレビも見ないでチラ見してたわけだし」

「うっ!?　ご、ごもっとも……」

はっきりと本当のことを言われて、反論できなくなってしまった。

もしかしたら、見られている本人には最初からバレバレだったらしい。

「別に隠さなくてもいいよ。男なんてそんなもんでしょ？」

「ま、まあそういう部分もなくはないというか、そうでもないんじゃないかというか……」

「ちょっとなに言ってるかわかんないけど。まあ、そんなわけで、お礼、させてもらうから。ほら、こっち来て！」

「え？　ちょっ、ちょっ⁉」

座っている俺の手を無理矢理引っ張り、そのままベッドへと座らせる。

ウソだろ……噂には聞いたことがあったが、まさか俺がそんな状況になるなんて思ってもみなかった。

心の準備ができていない俺は、何をしていいのかわからず、固まったままそこにただ座っていた。

まあでも、きっと舞由は手慣れているだろうから、まかせておけば色々としてくれるのではないだろうか？

そんなことを考えつつ、彼女の次の行動を待った。

だが、なぜか俺を座らせたまま、俺と同じように舞由もじっと俺を見て固まっていた。

「……ど、どうした？」

「えっ⁉　あ、ううんっ！　なんでもない、なんでも……さ、さあっ！　えーっと、じゃ、じゃあ、どうしよっかな～。ほ、ほらっ。私から襲うことって、なかなかないし？ というか、初めて？ みたいな？」

「いや、お礼なんだろう？」

明らかになにかをごまかすようにして、焦りながら俺の身体を上から下へと眺めている。

さすがに女の子にすべてを任せるというのは、やりにくかっただろうか？

ここは俺のほうからリクエストを出したほうが良さそうだ。

「……じゃ、じゃあ手でちょっとお礼をしてくれると、いいかもな……」

「え？ あっ、ああ～～っ！ そうだよね！ 手でちょっとヌく感じ？ う、うんうんっ！ OK！ じゃあその方向でー！」

「お、おう……」

急におかしなテンションになったように見える舞由は、さっそく俺のズボンに手をかけた。

「そ、それじゃ脱がすから……え、えいっ！」

そして勢いのままにパンツごと脱がしてくる。

「わっ⁉ えっ⁉ ちょっ、これ……も、もう大きいっ⁉」

「……いや、まあちょっと反応しちゃってな……」

すでにギンギンの肉棒が天を向いて揺れた。

「そ、そう……でもまあ、これからそういうことしようっていうんだから、しかたないよね、うん。そうそう、そうだよ……」

一体誰に向かって言っているのかわからないが、俺の肉棒をじっと見ながら軽く頷く。

しかし美少女にあまりじっと見られているだけだと、少し気恥ずかしくなる。

もしかして、そういうプレイなんだろうか？

「……ハッ!?　あ、うん。おまたせっ！　それじゃ、お礼に手でシてあげるね……んっ……」

むにゅっ！

舞由は慎重に肉棒を掴むと、軽く握ってきた。

「うっ……」

少し冷たいが、細くきれいな指先が俺のものを優しく優しく包み込むように掴んでいる。

その感触だけでもすぐに射精してしまいそうだ。

「あっ!?　もしかして痛かった？」

「い、いや、そんなことない。ただこういうのは久しぶりだからな。ちょっと驚いただけだ」

「そ、そう……それであの……握り具合はこれくらいでいいかな？」

なんだか自信なさげに俺へ聞いてくる。意外にも中身は気遣いがよくできる、イイ子なんだろう。

「ああ、いいと思う。まあその、あまり気にせず、普段どおりでいいからな」

「え？　あ、う、うんっ……普通に……えっと……じゃあ、いつもどおり！　このまま擦って……す、するからっ！」

「あ、ああ……よろしく……」

「う、うん……」

彼女は上目遣いで俺の様子を見ながら、右手を動かしてくる。

「ん、しょっ……どう？　気持ちいい？」

「ああ……」

俺の家の部屋で、美少女ギャルの手が俺の肉棒を握り、しごいている。

それは店でやってもらうのとはまた違う、新鮮な雰囲気でかなり興奮する。

女の子の小さな手に握られていると、それだけでとても気持ちがよかった。

ただ、動かし方は普通といったところだろう。

「んっ、ユーキさんのおちんちん、すっごく硬いね……ほら、こんなガチガチ……」

「う、あぁ……」

遊んでそうな見た目の割にテクニシャンというわけではないようだが、興味深そうにいじられるのも、そそるものがある。

しかも、手を動かすたびに大きめのTシャツの胸元から見える谷間が、さらに俺を熱くさせた。

「え？　わおっ!?　な、なんだかまた手の中で大きくなってるし……そんなに私の手、気持ちいい？」

「ああ、かなりいいな。これならすぐにでもヌけそうだ」

「え？　あ、そ、そうなんだ……ヌくときってやっぱり……出るんだよね？　せーえき……」

「まあそれはそうだが……」

「だ、だよねー」

俺のその言葉を聞いたとたんに、またぎこちない動きになり、掴む手の力が弱くなった気がする。

もしかすると、精液をどうしようか迷っているのだろうか？

「……出るときになったら、ティッシュでくるんで出してくれていいぞ。別に手で受け止めてくれとか、そういうことは言わないし」

「あっ、そっ、そっか……そうだよね！　そういう方法があるよね！」

「まさか、いつもはもっと変なことを要求されたりするのか？　口や顔で受け止めろとか……」

「なっ⁉ そ、そんなことは……友達は、よくしてるみたいだけど、私はないかな？」

「へえ、そうなんだ」

ギャルの友達はやっぱりギャルなんだろうか。こういうことに、慣れているんだろうな。

「とにかく、出そうになったら言って。ちゃんとティッシュで受け止めてあげるから」

「あ、ああ。よろしく……」

そこからはなんだかホッとした顔をして、再び肉棒の扱きに集中する。

案外、精液とかを直接触るのは苦手なのかもしれない。

まあ俺も自分が出したものを触りたいとは思わないから、わからなくもないが……。

「んっ、あ？ 先から透明なのが……」

「え？ ううっ……」

そうこうしているうちに、亀頭からカウパーが溢れてきていた。

それをじっと見たまま、また舞由があたふたし始めた。

「ね、ねえ⁉ これってまだなんだっけ？ ううぅ……も、もしかして出ちゃう？ で、出ちゃいそう⁉ ねえ⁉」

「落ち着いてくれ。まだ出ないから……くっ……それは先に出るカウパーだ。まあ女で言うところの愛液みたいなもんだろう」

「そ、そうなんだっけ？ あ、うん、そっか……じゃあまだ大丈夫だよね。ははっ、うん。

ちょっと驚いちゃっただけだから。安心して。うんうん、そうだよね～」

「………」

安心してと言われて、逆に不安になってきた。本当にしたことがあるんだろうか？

そんな疑念を持つ俺の視線に、舞由も気付いたようだ。

「あっ！　そ、そうだ！　これだけじゃ足りないでしょ？　もうちょっと速くしたほうが気持ちいいんだよね？」

「え？　ま、まあ……」

「じゃあもうちょっとしてあげるから！　ほら、んっ、んっ、んっしょっ！」

「ぬおっ⁉」

俺の疑念を振り払うかのように、手の動きを速める。

しかも握り方に力が入って、しっかりと扱いてくれるので、快感はかなりのものだ。

「あっ、すごくビキビキになってる……ふふっ、気持ち良さそうだね。ユーキさん、顔が緩んでるよ？」

思わず顔に出てしまうほどに、激しい手コキで責め立ててくる。

「くぅ……舞由、急にやりすぎだ……」

「んっ……でも物足りないと出せないでしょう？　ほらほら、またカウパーもいっぱい染み出しちゃってる……あはっ♪　なんだか嬉し泣きしてるみたいで、か～わいい～♥」

「かわいいって……くうぅっ⁉」

さらにカウパーのぬめりを利用して扱いてくるので、肉棒の肌が突っ張ることなくスムーズで気持ちいい。

この予想外の激しい手コキで、一気に気持ちが盛り上がってしまった。

「ああ、やばい……出るっ！」

「え？　あっ⁉　待って、ティッシュ……」

「む、無理だっ！」

ドビュルルルルッ！　ビュルッ、ビューーーーッ！

「ふひゃあぁっ⁉」

受け止めるティッシュを待ちきれず、俺はそのまま精液を開放してしまった。

「わわっ⁉　ちょっ⁉　まだそんな……ああっ、待ってってばっ、あうぅぅ……」

まるで急に飛び出した炭酸飲料を受け止めるように、舞由は手の平で覆いを作って、噴き出す精液を受け止めてくれた。

「あっ、あうぅぅ……温かいのが手にいっぱいかかっちゃってる……はうぅぅ……」

結局、そのまま射精が落ち着くまで、舞由の手の中で出し切ってしまった。

「くうぅ……はあ……すまない、舞由……」

「あうぅぅ……もうっ。ちょっと待ってくれれば、こんなに汚さずにすんだのに……」

そんな文句を言いつつも、嫌な顔をせずに舞由はきちんとティッシュで拭ってくれて、綺麗に後片付けをしてくれた。

「でも、いっぱい出たんだね。ユーキさん、溜まってたんじゃない？」

「うっ……まあ正直、最近はご無沙汰だったからな……って、舞由？」

精液のニオイがまだ残る肉棒を、なぜかまだ興味ありそうにじっと見つめている。

そう言えば、普段とは明らかに違っている部分があった。

「あの……まだものすごく元気っぽいんだけど……」

大抵、俺の場合は一度ヌけばそれでしぼむのが通常だが、なぜか今回はまだギンギンに反り返るくらいに勃起している。

「もしかして、手だけじゃ満足できなかった？」

「いや、そういうわけじゃないんだが……多分、舞由にしてもらって嬉しかったのかもしれないな」

「え？　そ、そう……」

素人童貞の俺としては、店以外でこういう状況になること自体初めてだ。

しかもとびきりの美少女に、成り行きとはいえ手コキをしてもらったことで、興奮が冷めなかったのだろう。

そんな寂しくて悲しい冴えないリーマンに、優しい舞由は更に同情してくれたようだ。

「じゃあ……く、口でもシて……あげよっか？」

「……なんだって⁉」

思わず声が大きくなってしまった。まさか、彼女のほうから言い出してきてくれるなんて考えもしなかった。

「そ、そんなに変なことじゃないでしょ？　まだ足りないならお礼してあげたいし……でも嫌なら別に――」

「い、嫌じゃない！　むしろその……舞由が嫌じゃなければ、してもらいたいと思う」

最初の遠慮はどこに行ったんだというくらいに、やや食い気味でお願いする。

でも、こんなチャンスはめったにあるわけじゃない。

ここで逃せば多分、一生ないだろう。

せめてこの冴えない人生の思い出に……そんな本心が、俺のちっぽけな道徳観を駆逐した。

「え？　あっ、そ、そう……じゃあ改めてもう一度……」

射精したときよりも更に力強さを増した肉棒を、舞由が優しく握る。

そして少し息を吐くと、大きく口を開けた。

「あ～～んむっ！」

「うおっ⁉」

熱く湿った口内に肉棒が入っただけだが、それだけでも思わず腰が引けてしまうくらいに気持ちいい。

しかし、それは舞由の小さな口には少し頬張りすぎのようだった。

「こほこほっ……んむぅ……ちょっと入れ過ぎちゃった……」

「うっ……む、無理はあまりしないでくれ」

「は～い……あむっ！」

一回むせた後で、咥え直す。

「あんむっ、ちゅ……んふふ……こんなかんひ？」

「ああ。いい感じだ」

今度はあまり無理なく受け入れることができたようで、余裕の表情で微笑む。

「ほれひゃ……んちゅむっ、ちゅぷっ、んんぅ……ちゅぷっ、ちゅっ……」

そして躊躇することなく、ゆっくりと頭を前後に動かしていく。

「くうぅ……」

じんわりと滲み出る涎が肉棒を熱く潤し、内頬の肉が擦れるとたまらない。

それに加えて、たまに舌が絡まると極上の快感が全身を駆け抜け、下半身の力が一気に抜けてしまう。

「はぷっ、んちゅむぅ……ちゅっ、ちゅぷっ、んんぅ……」

フェラチオの経験自体はあるが、今までのものよりも格段に良い。

ただ、テクニック面で言えば、単純な動きしかないので物足りなさはある。

しかし、この整った美形の顔が俺の股間にあって、一生懸命にしゃぶってくれているというシチュエーションが、今までの経験の何倍も、素晴らしくいやらしい快感へと変えているのだろう。

「ぐっ……舞由、良すぎだ……」

「んんぅ？　んふふっ♪　ほうなんら……んっ、ちゅぱっ、ちゅむっ、んちゅるるっ♥」

褒められて嬉しかったのかもしれない。

舞由はより熱心に、そして気持ちを込めて丁寧に、頭を振って肉棒を一生懸命に扱いてくれる。

そういう健気な姿も、見た目のギャップからものすごくそそる。

「ちゅぱっ、ちゅぱっ、ちゅむぅ……んんっ……」

「くっ、本当にすごいな……ありがとう、舞由。ここまでしてくれるなんてな……」

「んんぅ？　んふっ、ちゅむぅ……ろういたしまひて♪　んんぅ……ちゅぷっ、んちゅむっ……」

軽く頭を撫でると、なんだかくすぐったそうにして照れる。

そこからまた熱が入り、舌と唾液を絡めたいやらしいフェラチオで、最高のお礼をしてきてくれた。

「くむっ、ちゅぱっ、ちゅっ……んちゅっ、ちゅむるっ、んんっ……」

想像以上の興奮に、すぐにまた射精感が下半身をせり上がってくる。

「はぷっ、んくっ、はふぅ……おっひいから、ちょっとたいへん……れも、ピクピクひてるの、楽ひ♪　んむっ、ちゅぷっ、んんぅ……れむっ、ちゅっ……」

「ああ……あまり無理しなくていいぞ」

本来ならもっと速く動いてくれたほうが、より気持ち良く出せるのだが、舞由のフェラを長く味わいたくて、彼女のやりたいようにさせて、一切注文しないことにした。

「あむっ、ちゅふぅ……だんだん、このおちんちんのあつかい方、わかってきたかも……あむっ！　むにゅるっ、ちゅふっ、ちゅぱっ！」

「くおっ⁉　ぐっ……」

だが、そんなスローな扱きでも、射精の波は思ったよりも早く訪れてきてしまう。

「ああ……すまない、舞由……これはもう出る」

「はぷっ、んんぅ？　ほうらの？」

「ああ。だからそろそろ口を離していいぞ。あとはまた手でやってくれれば……」

「あむぅ……ちゅふっ、んんぅ……」

今度こそティッシュに出そうと、手でその箱を持って待機する。

だが、一向に舞由は口を離さない。

「くっ？　ま、舞由？　本当にこのままだとすぐに出るから、早く……」

「ん～～♪　んちゅむっ、ちゅぱっ、ちゅぱっ、ちゅぱっ、ちゅむんっ！」

しかし、なぜか俺の言葉を無視してしっかりと咥え直し、さらに動きまで速めていく。

その不意打ちに、もう我慢できなくなってしまった。

「ちゅぷっ、んちゅむっ、ちゅるるるっ！」

「うっ⁉」

ドププッ！　ビュルッ、ドピュッ、ドピュルルッ！

「ふむうぅんっ⁉　んぷっ、ちゅぷっ、くんんんぅ～～っ！」

彼女の口内で暴れるように、肉棒の先から勢いよく精液が飛び出す。

「ん～～っ！　んんんっ、ん～～っ！」

「だ、だから言ったんだ。ほ、ほらゴミ箱に吐き出して」

彼女の顔のそばにゴミ箱を持っていく。

すぐに吐き出すと思ったのだが、なぜか舞由は精液を口の中に溜め続けたまま……。

「ごっくんっ！　じゅるる……ごくっ、ごくっ！」

「は……？　なっ⁉」

思いっきり喉を鳴らし、そのまま飲み干してしまった。

「んんっ、はあぁ……あううぅ……変な味……」

「なにも飲むことはなかったのに……精液は苦手なんじゃないのか？」

「そんなことないよ。ただちょっと慣れてないだけ……はあ……でもあんまり美味しくなかったかな」

「そ、そうか……」

そんなわけで、思った以上の素晴らしいお礼を受け、俺としては大満足だった。

そして、どうやら舞由のほうも気持ちが収まったようで、その日は次の段階に行くこともなく、そのまま素直に寝ることにした。

横に美少女が眠っている状況で、悶々として眠れないかと思ったが、さすが二回もヌいてもらったせいか、夢も見ずにストンと深い眠りに落ちた。


「――あれ？　なんだ、これ……」

そんな言葉をついもらしてしまうほど、不思議なくらい清々しい朝。

こんなに朝の目覚めが良いのは、何年ぶりだろう？

「……どうしたの？　なにか変なことでもあった？」

起きたその横には、ちょこんと静かに舞由が座っていた。

どうやら俺が起きるよりもだいぶ前に目を醒ましていたらしい。

「いや、こっちの話だ……で？　舞由は何をしてたんだ？」

「起きて適当にスマホを弄ってたんだけど、充電が切れちゃって……」

「……それで？」

「しばらく、ぼーっとユーキさんの寝顔を見てた」

「なんで、そんなつまらないものを見ているんだ……」

最近の若い子は何を考えているかわからない。

これが噂に聞く、指示待ちっ子なのか？　いや、日常生活でそれはないか……。

「別に充電器ならそこにあるし、暇ならテレビでも見て、朝ごはんでも食べていればよかったのに」

「いや、だってここユーキさんの家でしょ？　他人の家で好き勝手にするわけにはいかないじゃない。だから、起きるのを待ってたの」

「え……あ、ああ……そうか……それはそうだよな……」

意外な返事に、思わず目が点になった。

そういうことはまったく気にせず、フレンドリーと無遠慮を履き違えるタイプかと思っていたが、しっかりと礼儀をわきまえるちゃんとした子のようだ。

……これは反省しなければいけない。

「………ちなみに、意外と可愛かったよ？　寝顔」

「………ああっ！　キモカワってやつだな？　照れるな……」

「そういう照れ方をされるとは思わなかったし……ふふっ♪　あははは っ」

俺の返しがツボに入ったのか、面白そうに笑う。

とりあえず、ちょっと本気で照れているのを悟られるのは回避できたようだ。

「……さて。それじゃあ朝食でも作るか。腹減っただろう？」

「あ……うん。お願いっ♪」

明るくお願いされ、俺は簡単にだが朝食を作り、小さいテーブルを囲みながらふたりで食べることにした。

こうして部屋に人を呼ぶことも久しぶりだし、ましてや女性とふたりきりというのは初めてだ。

なんだか灰色だった部屋が、いつもより色鮮やかに見える。

普段は、ひとりだけの朝食だ。こうして一緒に食べる人がいると、華やかになるものなんだと初めて知った。

入居当初に買ったこのテーブルも、むさい男だけに使われる一生ではなかったことを喜んでいることだろう。

「とりあえず、もう一度きちんと言っておくけど、ありがとうございます」

食事を終えて一息ついた後、舞由が改めてお礼を言ってきた。

やはり、良いご家庭で育った子なのではないだろうか？

「言っただろ？　自己満足のためにしたんだし、気にしなくていいよ」

色々な事情があるし、あまり踏み込むべきじゃないと考えていたが、ここまできたら多少のお節介も変わらないだろう。

「あまり聞く気はなかったんだが……あんなところで、どうしたんだ？」

とりあえず、そう切り出してみた。

「……色々とあって……今は行く場所がないの……」

「そうか……」

まったく聞きたい情報を得られていないが、一応、彼女なりの精いっぱいの答えなんだろう。

「ねえ？　ユーキさんって、彼女いる？」

「え？　い、いや、いないけど……そんな相手がいるように見えるか？」

唐突な質問に少し戸惑いながら自嘲気味に答えると、なぜかパっ！　と表情が明るくなった。

「だったらっ！　なんでもするから、しばらくの間、泊めてほしいのっ！　お願い！」

テーブルに額をつけるようにして、舞由が頼んできた。

正直、多分こうなるだろうと予想はしていた。

それに彼女は困っているようだし、悪い子でもなさそうだ。

大体、この部屋自体、仕事が終わって寝るためだけに帰ってきているようなところだ。

だったら、彼女を泊めても問題ないだろう。

「いいぞ。気が済むまでいてくれ」

「え……？　いいのっ⁉」

目を見開いた舞由が、顔を近づけてくる。

「お願いしているほうがそんなに驚くなよ」

「だって、即答だったし……こんな昨日知り合った他人を信用するとか、不用心すぎじゃない？」

「それはお互い様だろう。まあ、俺のほうは問題ないから。好きに使ってくれ」

「あ……ありがとう、ユーキさんっ！」

「おおっ……まあ、うん……」

無邪気に抱きしめてくる舞由にドギマギしながら、一応返事をした。

こうして、俺と舞由の同居生活がスタートしたのだった。

昨日の夜、出会ったばかりの人の部屋でひとり、ぼんやりと時間を過ごすのは、なんだか不思議な気分だった。

自分が家具か家電になったようで、いつの間にか知らないところに紛れ込んでしまった――そんな感覚。

まあ、私は家具としても家電としても、何もできないお荷物なんだけど。

「……はぁ～～……静かだなぁ～～……」

ユーキさんが仕事に行ってしまったので、今はお留守番をしている。

スマホもテレビも見飽きたし、何もすることなく、窓際でのんびりと日向ぼっこをしていた。

家を出て行き場所がなくなった私が、まさかこんなに落ち着いて、安心して日向ぼっこができるとは思わなかった。

声をかけてきたときは正直、誰でもよかった。そして覚悟はしていた。

そのままついていったら、どんなことをされるか……友達に聞いていた話から、なんとなく想像していたから。

でも、実際は違った。

ユーキさんは優しくしてくれた。しかも、こっちから何も言わなければ……多分、昨夜はそのまま寝ることになったと思う。

「……エッチが目的じゃないのかな？　どうして泊めてくれたの？」

つぶやいても答えてくれる人はいない。

それに、事情をしつこく聞いてくることもないし、こうやって他人の私にすべて預けて留守番をさせるなんて、どうかしている。

本当に、ユーキさんは何を考えているのかわからない。

そのことで、かえって彼のことが気になってきてしまった。

「……早く帰ってこないかな……」

静か過ぎる部屋に、虚しい独り言が消えていった。


「た、ただいまっ」

時間は夜の7時前。いつもなら、まだ会社にいる時間だ。

でも、今日の俺はがんばった。もちろん、家に舞由がいるからだ。

なのでいつもよりも効率的に仕事を終え、上司の冷ややかな目を無視して、やや早めに帰宅できた。

――もしかしたら、もういなくなっているかもしれない。

いや、もしかしたら、昨日のことは全部、俺の妄想だったのかもしれない。

帰りの電車の中で、ずっとそんなことを考えていたが……。

「おかえりなさい」

「あっ……ああ……」

玄関を開けて呼びかけた部屋からは、昨日と変わらない美少女が笑顔で出迎えてくれた。

よ、よかった～～。

今年一番……いや、もしかしたら人生で一番、安堵した瞬間だった。

「……え？　もしかして走って帰ってきたの？　すごく息が切れてるけど……」

「い、いやまあ……ちょっと心配だったからな……もう帰ってるんじゃないかって……」

「だから、行く場所がないって言ったじゃない。それに何も言わずに出ていかないってば」

そんなことを言って、まだ息が切れている俺のかばんを持ってくれた。

「……でも、心配してくれてありがと」

「お、おう……」

ちょっとはにかんだ舞由に、どきっとしてしまった。

「とにかく手を洗って着替えちゃって。あっ。それとも、もうお風呂にする？」

「え？　あ、ああ、うん……そうしようか……」

気持ちを一日落ち着けるため、言われるがままにシャワーを浴びることにした。

それにしても、不思議な感じだ。

彩りのないいつも通りの自分の部屋に帰ったのに、あんな美少女がいて、おかえりなさいと出迎えてくれる。

ただそれだけのことなのに、一日の疲れが吹き飛んでしまった気がする。

本当に、帰らず残っていてくれてよかった。

温かいシャワーを浴びながら、再び俺はホッとした。

「……え？　これは……？」

シャワーから上がると、とても良い匂いがしていて、テーブルの上を見ると食事が作られていた。

「冷蔵庫の中にあった物も使ったけど、大丈夫？」

「あ、ああ。それは構わないけど……」

「私もおなか空いちゃったし、作っておいたんだ……と言っても、簡単なやつだけどね」

湯気のたった白いご飯と味噌汁。そして野菜炒めとちょっとしたサラダ。

舞由にとっては簡単だとしても、こんなにきちんとした食事を作ってくれる手間は大変だろう。

「そうなのか？　でも先に外で食べてきてても良かったのに……」

仕事に出る前に、多少のお金を渡しておいた。

てっきりそれで外食か、もしくはコンビニ弁当でも食べているかと思ったのだが、舞由はそうしなかったらしい。

「んー……外食もいいけど、今日はきちんとしたものを食べたい気分だったの。それにひとりで食べるよりは、ふたりで食べたほうが美味しいでしょ？」

「あ……まあ、な……」

「さあ、冷めないうちに食べよ。あっ、そう言えば、ユーキさんは好き嫌いとか食べられないものとかあった？」

「いや、ないが……」

「だったら良かったー。でも、適当に作ったから味の保証はしないよ～」

「い、いただきます……」

とりあえずテーブルの前に座り、味噌汁をすする。

「おおぉ……うまい……」

身体に染みるような懐かしい味。

そう言えば、自分で味噌汁を作ったのはいつだっただろう？

そもそも、こんな時間にきちんとした食事を摂るのも久しぶりだ。

「はぐっ！　もぐもぐっ、はむっ！」

「え？　そんなにおなか空いてたのっ⁉　急いで食べなくても、おかわりはあるからゆっくり食べて」

「もぐもぐっ、あむっ！　むしゃむしゃっ！」

返事の代わりに一心不乱にご飯を食べ、この美味しいごちそうを堪能した。

「ふぅ～～……ごちそうさまーー」

「わぁ……綺麗に全部食べちゃった……ふふ。でもこれだけ食べてくれると、作ったほうとしては嬉しいね♪」

満腹で腹を撫でる俺に、舞由が嬉しそうにお茶を持ってきてくれた。

「本当に、文句なく美味しかった。ありがとうな、舞由」

「どういたしまして。私も久しぶりに人に食べてもらって嬉しかったから」

ほっと一息つき、まったりとした時間が流れた。

……そう言えば、生まれて初めて女の子の手料理を味わった気がする。

「ああ……しあわせだな……」

一生、縁がないと思っていたこんな手料理を、まさかこの部屋で味わうことができるとは……きっと草葉の陰で両親も喜んでいることだろう。

まだ健在だけど。

「……ねえ？　なんでそんなに遠くを見つめているの？　もしかして、お疲れなの？」

「いや、お世話になった人たちを少し思い出しただけだよ。そんなことより、片付けをしちゃおう」

十分堪能したので、テーブルの皿を持ってキッチンへと向かう。

「あ、待って。私も片付けるから」

「え？　いいって。作ってもらったんだから俺がやるって」

「私も一緒に食べたんだから一緒にするのっ。ほらもうちょっと詰めて」

「え？　あ、ああ……」

そうして狭い台所にふたり並んで後片付けを始める。

「そう言えば、食材はどこで買ったんだ？　近くのコンビニか？」

「スマホでスーパーを探して買ってきたの。タイムセールでお肉が安くなってたし。こういうとき、すっごく嬉しくない？」

「まるで主婦だな……でもその気持ちはわからなくもない。俺も以前は、そういうのにこだわってたんだけどな」

「仕事してると大変だもんねー。じゃあ今度から私が買い物してあげる」

「おお……ありがたいな、それは」

そんな他愛のない会話をしながらの後片付けは、まったく苦にならずむしろ楽しい。

しかしこれはではまるで、彼女と同棲しているようなシチュエーションだ。

慣れていない俺としては、なんともぎこちなくなってしまう。

狭い台所なので並ぶとちょっと密着してしまい、軽く触れる腕にも俺はドギマギしててしまった。

「あれ？　そこ汚れてるよ。もうちょっとこすって」

「あっ、はい……」

そんな俺とは違い、舞由は気にせずテキパキと動く。

やはり異性との接し方に慣れているのだろう。

彼女はスタイルも性格もかなり良い、文句なしの美人だ。

男としてはどうしたって惹かれるし、性的な関心も抑えることはできない。

できれば、もっと舞由と色々なことを……。

思わず昨日のお礼を思い出してしまった。

いかんいかん。こういうのはすぐバレるぞ。

「ふ、風呂っ！」

「え？　なに？　急に……」

思考を無理矢理にでも遮るように、俺はとっさに言葉を口にしていた。

「こ、こっちはもう良いから、先に入ってきていいぞ。もう昨日の服も乾いているだろうし……」

「そうだね。じゃあ、お風呂使わせてもらうね♪」

特に俺の様子を気にせず、素直に風呂場へと向かってくれた。

ふう……なんとか切り抜けた……。

だが、そこで俺は安心して油断していた。

「なっ⁉ あ、あぁぁ……」

だから数分後に風呂から出てきた舞由を見て、なんの対処もできずに固まってしまった。

「えへへ……どう？ 似合ってる？」

「に、似合うもなにも……服はどうしたんだっ⁉」

風呂から出てきた舞由は昨日と違い、Tシャツですらない。バスタオル一枚の姿で俺の前に出てきていた。

「だって……片付けのときも、ずっと見てたでしょう？ おっぱいとか脚とかお尻とか。だから、もうそろそろガマンできなくなったんじゃないかなーと思って」

「ぐおっ⁉ バレていたのか……」

てっきりやり過ごせたと思っていたが、やはり舞由のほうが一枚上手だった。

「と、とりあえず服を着てくれ。それじゃ目のやり場に困る……」

「えー？ 隠れていると見てくるのに、こうやって見やすくすると見ないなんて、ユーキさんって天の邪鬼なの？」

「そういうわけじゃないが……と、とにかくまずいんだ。そんなふうにされたら、起きない間違いも起きるだろ」

「だから、その間違いを起こそうとしているんじゃない」

冷静な声でしっかりと、舞由は俺をまっすぐ見つめてそう言っていた。

「……なっ、なんだってっ⁉　い、意味をわかって言ってるのか？」

「わかってるってば。でも私にとっては、間違いじゃないと思うけど」

「えっ……⁉　それはどういう意味だ？」

眩しすぎる肌と美少女のご乱心で混乱し、そう質問しつつも、俺自身が状況をよくわからなくなってきてしまった。

「……さあね。じゃあ今日のお礼がまだだから。ほら、行こっ♪」

「なっ⁉　お、おいっ……」

急に手を握り、そのままベッドへと誘導する。

ただのバスタオル一枚なのに、舞由はまったく恐れることなく動くので、中で窮屈そうにしている爆乳がブルンブルンと揺れる。

そんなに動くと色々なものが見えてしまいそうで、ハラハラする。

「……ん？」

そんな頭と下半身に血が巡ってしまう状況で、なぜか俺はふと違和感を持った。

「っ……お礼はちゃんとしないとねー♪」

そうやってかなりテンションが上っているように見える舞由だったが、握ってきている手は少しだけ震えていたのだ。

　これはいったい、どういうことなんだろうか？

「えーっと……じゃあ座ってて っ」

「あ、ああ……」

　その原因を考えようとしたが、舞由と一緒にベッドへと座らされると、興奮でうやむやになってしまった。

「ふふ……こうして改めて、こんな格好で一緒にいると、ドキドキしちゃうね」

「舞由以上に、俺のほうがドキドキしてると思うが……ちなみに、もしかして毎日あるのか？　このお礼は……」

「え？　い、嫌だった？」

「そんなことはないが……むしろ舞由のほうが嫌なんじゃないのか？」

「ううん、ぜんぜん。ユーキさんにならお礼してあげたいもん♪」

「お、おう……」

　まったく迷うことなく、すぐにそう言って笑顔を浮かべてくる。

　そんな舞由の屈託のない反応に、また胸が高鳴ってしてしまった。

「で？　お礼してもいい？」

「え？　ああ……もうここまで来たらな……じゃあ、お願いしようか」

「ふふ、うん。じゃあ今日はちゃんと最後までシてあげる」

「さ、最後までっ⁉ うむぅんっ⁉」

その意味を確かめる間もなく、舞由の唇が俺の口をふさいだ。

「ちゅふっ、ちゅっ……ちゅっ、んんぅ……」

ああ……相変わらず柔らかくて、とても良い匂いがする。

しかも絡まる唾液と舌がほのかに甘い気もして、それが脳を直接気持ちよくしびれさせてくる。

「ちゅはっ、ちゅうぅんっ！ あんぅ……そんなにいっぱいキスされると、ユーキさんに食べられちゃいそう♪」

「食べたくなるさ。こんな美味しいキスなら……んっ……」

「あん……ちゅっ、ちゅむぅ……はぁぁ……」

濃厚なキスをかわす。それは、俺と舞由の気持ちと身体を高ぶらせていくようだった。

「あんっ……ふふ。ユーキさんの手、エッチ……あっ、んんぅ……」

抑えきれない欲求が俺の手を動かし、舞由の胸を大胆に掴む。

「エッチって……お互い様だろ。こんな立派なものを持っている舞由も悪いんだ」

「んやあぁんっ♥ あっ、はんぅ……人のせいにしちゃって……でも男の人はみんなそうかも……んんっ、はんぅ……」

「はは。そうかもな」

「んんぅ……はあっ、ああんっ♥」

柔らかいが、大きさがあるのでかなりの重量感がある。

見た目以上の爆乳のようだ。

「んくっ、ふあぁ……あうっ、はんんぅ……ちょっと手付きがいやらしすぎじゃない？　んんぅ……こんなに揉まれると変な感じにすぐなっちゃう……ああっ♥」

「良い手触りだから、止まらないんだ。もっと堪能させてくれ」

「んんぅ……んくっ、はあぁんっ！　も、もうぅ……堪能とか言わないでよ……あっ、はあぁ……ああんっ！」

揉むたびに甘くミルクのような香りが鼻をくすぐり、指先は柔らかさで沈み込みそうだ。

服の上からでもこの揉み心地。直接触れるとどうなるか……。

「んえ？　あうっ、んんぅ……み、見たいの？」

「ああ……頼む」

「んっ……いいよ、脱がして……あんんぅ……」

貪欲な興味と精力が彼女の服を脱がしてゆく。

「おお……こ、これはすご……」

ブラを外した瞬間に、大きな肌色の膨らみが零れ落ちそうに飛び出してきた。

「あうぅ……あ、あんまり見ないでよね……自信ないし……」

「いやいや、これで自信ないって言ったら、世の中の大半の女性を敵に回すんじゃないか？　それくらい綺麗だぞ、舞由」

「ひうぅ～～っ……ば、バカ……」

　こんなものがどうやって服とブラに収まっていたのかと思うほどに、舞由の胸のサイズはすごかった。

　しかもこの大きさなのにあまり垂れることはなく、張りを保って綺麗なお椀を作り上げている。これが若さなのだろうか？　最高の美少女であることも、そんな魅力へのプラスになっていた。

「……？　ユーキさん？　どうしたの？　じっと見たまま止まっちゃってるけど……」

「え？　ああ、悪い。大丈夫だ」

　あまりにも素晴らしい胸なので一瞬、変な方向へ思考が飛んでいた。

　ともかく、この眼の前の至高の双丘を今すぐ味わいたい。

「ってことで、いただきます」

「え？　どういうことで？　あっ、やっ、んうぅぅんっ♥」

　直接触れた舞由の胸はふわふわで温かく、揉むと指だけではなく心まで包み込まれるような柔らかさだった。

「お、おおぉ……」

想像以上の感触に、感動で軽く涙が溢れてきそうになる。

「んんぅ……あんっ！　あ、ふ……ええっ⁉　なんでちょっと涙目なのっ⁉」

「こんな感触は初めてだから……ああ……生きていてよかった……」

「そ、そこまで言われると、ちょっと困っちゃうんだけど……んんぅ……ユーキさんって、おっぱい好きなの？」

「もちろん。老若男女、嫌いなやつはあまりいないと思うぞ」

「そうかもだけど……。うん。男子は当然見てくるし、友達の女の子もやたらと触ってくるんだよねー。たまになぜか拝まれることもあるんだけど、さすがにそれはやめてほしいよね」

「まあ本人としては恥ずかしいんだろうけどな。ただ拝む気持ちはわからなくもないな」

「そういうものなの？　よくわからないけど……んあぁっ、はんんぅ……」

触っているだけでも気持ちいいが、やはり揉むとその感触が俺をさらに熱くさせる。

「ああ……本当にこれは、ありがたいありがたい……」

「うなっ⁉　ちょっととっ⁉　ユーキさんまで揉みながら拝まないでよっ。んあっ、はあぁ……ああんっ♥」

この素晴らしい膨らみを、存分に揉みしだいて愛撫した。

「ん？　おや……こっちのほうは意外と慎ましいんだな……」

「あんぅ……え？　あっ⁉　やっ、んぅぅ……やだ、そんな……んんぅっ！」

爆乳の割にはあまり大きくない乳首を指先で押して見ると、ブルブルっと体を震わせて反応する。

かなり良い具合に感じてくれているようだ。

「はうっ、あっ、んんぅ……ち、乳首とか一緒に弄るから……あっ、はううぅ……変な気持ちにすぐなっちゃう……あうっ、んあぁぁっ！」

俺の愛撫で、舞由はかなり良くなってくれてくれているみたいだ。

ただ、目の前でこんな顔でよがられると、もう我慢できない。

「……舞由のこっちのほうはどうかな？」

胸の愛撫の勢いで、そのままスカートの中へ手を突っ込む。

「えっ？　うなぁぁんっ⁉　も、もうそっち⁉」

受け入れられると思ったが、舞由が急に俺の腕を掴んできた。

「あれ？　だ、駄目だったか？」

「うっ……だ、駄目じゃないけど……う、ううん。いいよ、シて……」

一瞬迷った顔をしたが、なにか決心したように大きく頷くと掴んだ俺の手を離し、自分からスカートをまくる。

「お、おおぉ……まさか舞由から見せてくれるとは……」

「ん……じゃましちゃったからお詫びに……はううぅ……で、でもこうやって見せるのって、やったことないから恥ずかしぃ……」

耳まで顔を赤くしながら、恥ずかしさに耐えてパンツを見せてくる。

その仕草も、ものすごくそそる。

もうパンツの上からなんていう、もどかしいことをしてられない！

「ああ……じゃあ……」

舞由の大事な場所に、いよいよ触れる。

パンツをずらし、指先を滑り込ませて直接秘部へと進めていった。

「きゃっ！」

しかしその瞬間、ぎゅっと、内腿を思いきり閉じて手を挟んだ彼女は悲鳴を上げてきた。

「お、驚きすぎじゃないか？」

「あっ！　う、ううん、違うのっ！　そ、その……ぱ、パンツの上から触ってくるかなって思ってたから……心の準備的なものがなくって……あうぅ……」

なんだかしどろもどろに言い訳をしてくるが、こういうことに慣れていないはずはないし、本当にびっくりしただけなんだろう。

そう思うが俺も興奮しているので、もうあまり気遣う余裕がなかった。

「そ、そうか……でも、このままさせてもらうぞ」

しっとりと軽い湿り気のある熱い膣口を、なぞるようにして指先で擦る。

「ん、やぁぁ……あうっ、んんぅ……ああっ！」

内腿をさらに閉じて俺の愛撫に抵抗しようとしてきたが、だんだんと心の準備ができてきたのか、少しずつその力を緩めて甘い声を漏らしはじめる。

「はあっ、はうっ、あんんぅ……んっ、んんぅ……」

熱くなっている陰唇が膨らみ、その裂け目からはぬるっとしたものが染み出してきている。美少女の愛液だというだけで、俺は激しく興奮してしまった。

しかしそこで、最後の理性が働く。

身体の反応的には、このまましても悪くなさそうだ。

しかし、舞由自身の態度は何だかおかしい気がする。

「んくっ、んぅ……はあっ、はうっ、あんんぅ……」

愛撫が秘裂に移ってからはずっと黙っていて、あまり話してこない。

まあ、あんまりおしゃべりされても萎えるが……それでもこれは舞由らしくない気がした。

舞由はあまり余裕のないような様子で、なんだか俺の愛撫に耐えているような印象さえ受ける。

「あまり上手くないかな？　俺……」

「え？　そ、そんなことないと思うけど……私も、結構気持ちいいし……んくっ、んんぅ……」

「そうか、ならいいけど……自分で弄るときと比べたらどうだ？」

「んんっ、んえ？　あんぅ……じ、自分でって……あんまり弄ったことないし……」

「え？　ああ、そうか……じゃあ、してもらうときとか……は？」

「あうっ……ノーコメント……」

俺の問いに、ぷいっと顔をそむけてしまった。

いかん。今のは余計な一言だったな……。

「……悪い。なんか変な質問だった。許してくれ」

「え？　あ、う、うん……別に気にしてないけど……」

自分に自信がないからと言って、そんな最低な質問をしてしまって、ちょっと後悔した。

てっきり、最低なゴミムシを見るような目で責められるかと覚悟したが、意外にも舞由はなんだか感心するような顔をして、俺をじっと見つめてきた。

「んっ、んんぅ……へー……」

「な、なんだ？　どうかしたか？」

「ううん、なんでもない。んんっ、あんんぅ……ただちょっと大人だなって思っただけ……

んっ、んんぅ……」

「そうか？　ただのさえないおじさん……の間違えだろ？」

「おじさんって年じゃないでしょ。それにおじさん臭くないよ。くんくん」

急にそんなことを言いながら抱きしめてくると、躊躇なく匂いを嗅いでくる。

「えっ⁉　いや、ちょっ⁉　や、やめとけって……」

さすがにそういうのには照れてしまって、自分でもわかるくらいに顔が熱くなった。

「んんっ、あれ？　もしかして照れてる？」

「……まあ嫌がっていないならいいさ。もう少しするぞ」

「あーっ！　今、ごまかしたー！　って、ふあぁぁんっ⁉　やうっ、あっ、ずるいぃ……んんっ、んんんぅっ！」

本格的にからかわれる前に、股間の愛撫に集中する。

「んくっ、はあっ、はぁ……ゆ、指が少し入ってきちゃってるぅ……あうっ、んんんぅ……私の大事な部分にユーキさんのが……ああんっ！」

「痛かったか？」

「え？　あっ、ううん、へーき……んっ、んんっ……ただ、さっきまで普通の関係だったのに、本当にエッチしちゃうんだなって、今になって実感しただけ……んんぅ……でも別に嫌って感じじゃないの。とっても嬉しくって……あんんぅ……エッチな気持ちになっちやった♥」

「お、おぅ……」

その一言で胸の奥がバクンッと脈打った。

なんて破壊力のある告白なんだ。

今まで女性からそんなこと言われたことがなかった俺にとっては、初めての経験だった。

この胸のときめきと高揚感は、昔どこかで味わったはずだが……もう思い出せない。

「んんっ、はあっ、はんんぅ……気持ちいいのっ、ユーキさんの指ぃ……あっ、あうぅ……んんぅっ♥」

そんな胸の高鳴りと共に指先にも熱が入り、舞由の秘部もかなりほぐれてきた気がする。

もう、そろそろいいだろう。

「んんぅ……はあっ、あんんぅ……？　え？　あっ、それって……」

やはりさすがに、生のままはまずいか。

なので、まずはしっかりとゴムを付けるところを舞由に見せた。

これなら安心してセックスできるだろう。

「……ありがと。ちゃんと考えてくれて」

「いや、俺のセリフだよ。ありがとう」

「ふふっ。んぅぅ……あっ……」

お互いに軽く笑って少し緊張が緩んだところで、再び舞由の脚を開く。

「あ、あんんぅ……ユーキさん……」

その奥をしっかり見ると、陰唇が熟れて膨らみ、ぱっくりと割れた膣口からかなり愛液が滲み出て濡れている。

それにしても、何だかきれいな形をしている気がする。やはり美少女補正がかかると、こんなところまで美しくなるんだろうか？

「あ、あんまり見ないでよ……恥ずかしいし……」

そう言った舞由が顔を逸し、口元を手で押さえている。

どうやら本気で恥ずかしがっているみたいだ。

「ああ、そうだな……」

準備が万全なのは確認できたので、名残惜しいが観察するのはここまでにして、挿入のために彼女の腰を引き寄せた。

「んんぅっ、あんぅ……そ、その……優しくしてくれると嬉しいんだけど……」

「うっ……実はあまり経験が多いわけじゃないから、上手くできるかわからないんだが……善処する」

「そ、そうなの？　そっか……じゃあ、できるだけでいいから……お願い……」

不安そうにそう言って、キュッと俺の腕を握ってくる。

何だか反応がすごく初々しい。

こういうギャップが男を喜ばせるということを知っているのかもしれない。

「……それじゃ、いくぞ」

「う、うん……」

赤く色付いている熱い膣口へ、亀頭をあてがった。

「あっ、くんんぅ……んあぁぁっぅ！」

強く押し込むようにして舞由の入り口へと進んでいくと、腕を掴む手の力が増した。

「くうぅ……せ、狭い……」

「ふあっ、んくうぅ……ああっ！」

十分ほぐしていたはずだが、かなりの抵抗感があり、進むのに時間がかかりそうだ。

それにしても、こんなに狭いとは思わなかった。

経験人数は少なかったりするのだろうか？

「はあっ、あんんぅ……い、痛っ……」

「え？　だ、大丈夫か？」

別に俺の肉棒はそれほど大きいわけではないが……やっぱり、あまり慣れていないのかもしれない。

となると、ゆっくり進めるほうがいいだろう。

「くっ……舞由、もう少しなら我慢できるか？」

「んんっ、んえ？　あっ、うん……大丈夫……んんぅ……」

「それじゃ、ゆっくり入れていくから、痛かったら思いっきり腕を掴んでくれ」

「そ、そうしたらどうなるの？」

「まあ……がんばって耐えてくれ……っていうことかな」

「んんぅ……え？　た、耐えっ⁉」

こんな美少女の秘部に突き立てているんだ。

できれば待ったほうがいいのかもしれないが、ここまできてやめられそうもない。

「さ、いくぞ！」

「んえぇっ⁉　あぐっ、ひあっ、くんんぅ……ああああぁっ！」

しっかりと股間に力を漲らせて、ゆっくりと確実に舞由の膣内をこじ開けていく。

「はあっ、はうぅぅ……ま、まだ入ってくるのっ⁉　んくぅ……も、もうこれくらいでいいんじゃない？　あぐぅ……」

「あともう少しだから。もうちょっとがんばれ」

「あくっ、んんぅ……う、うん、がんばるぅ……あああぁっ！」

亀頭の先が、かなり狭い場所を通過した。

そのとき、何かが弾けるような感覚が伝わってきた気がしたが、それを確かめる余裕は俺にはない。

「やううぅんっ⁉　んくっ、くんんんんぅっ！」

ひときわ大きな声を上げた直後、俺の股間が舞由の股間と密着する。

「はあ……全部入ったぞ。がんばったな、舞由」

「んあっ、はあ、はあ……ん、ふ……はあぁ……本当に、入ってる……んっ」

「ああ……その、大丈夫か？」

俺の腕を握りしめていた彼女の手をとり、きちんと握り返す。

「ん……平気。えへへ、がんばっちゃった……んふふ……はあっ、はあぁ……」

息を上げ、少し涙目になりながらも、舞由はにっこりと微笑んで握り返してきた。

それにしても、まさか挿入だけでここまで大変なことになるとは思わなかった。

「んんっ、んはあぁ……ご、ごめんね、ユーキさん……ちょっと手間取らせちゃって……あんんぅ……」

「まあ、あまり慣れてないみたいだからな。ちょっとこのままでいようか」

「うん、ありがと……ちゅっ……」

挿入して繋がったまま、再びキスをする。

より密着した感じでのキスは、今までよりも興奮して、頭の芯がしびれるような気がした。

「んちゅっ、んはぁぁ……ちゅむっ、んんぅ……」

イチャイチャしながらしばらく過ごしていると、まるでふたりだけの世界のようで、時間が過ぎるのもあっという間だった。

「んんぅ……はあ……こうして繋がっているのって、気持ちいいね……んんぅ……あっ……もう結構時間経ってる……」

「ん？　そうだな……で、どうだ？　そろそろ痛みも引いてきたか？」

「あぅっ……ん、もう、大丈夫だから……ごめんね。なんか待たせちゃって……ユーキさん、動かしたかったんじゃない？　おちんちんが中で時々、グンッ、って硬くなってる感じがしたけど……」

上目遣いで俺を見る舞由は、本当に申し訳なさそうな顔をして聞いてくる。

「バレてたか……まあでも痛いだけじゃお互いに気持ち良くなれないしな。これくらいの時間、なんてことはないさ」

「そっか……ふふ。ユーキさん、やっぱり優しいね」

「舞由が相手なら、誰でも優しくなるさ。じゃあ……」

「あ、う、うん……いい……よ……」

彼女が小さく頷くのを見て、俺はゆっくりと腰を動かす。

「んんぅ……んあぁぁっ！　はうっ、んぅっ……あっ、んっ！」

肉竿が中を動くと、彼女が声を漏らしていく。

「大丈夫か？　舞由」

「んくっ、はあっ、はんぅ……うん、これくらいなら平気……んっ、んあっ……最初より全然いい……んんっ、あうぅ……」

肉棒ごと舞由の膣内が動いているような気がするくらいに狭くて、痛々しい。

でも、声や身体の強張りは緩んできているので、ウソではないのだろう。

しかし、まだ全力では厳しそうだ。

「はあっ、はうっ……んんぅっ！　あっ、くぅ……あうっ、ふあああぁ……」

俺は慎重に腰を前後させて、不慣れなそのおまんこを慣らしていった。

「んくっ、はあぁ……すごい……んっ、あぁ……私の中でユーキさんのおちんぽが、動いてるのがわかる……」

「くっ……こっちもすごい締めつけられてるよ……でも、だいぶ慣れてきたみたいだな」

「んっ、うんっ、はあぁ……あぅっ、ああんっ！　はあぁ……してるんだね……♥　ん、あぁっ……本当にセックスを……んんぅ……」

「ああ……とても気持ちいいぞ、舞由」

「うん……いっぱい気持ちよくなって……んっ、んんぅっ！　はあっ、あああぁっ♥」

まだ若い彼女だ。やはり、俺のほうが気を遣うべきだろう。

しばらく動かしていたら馴染んできたようで、もうその表情は喜びのほうが多くなってきた。

とはいえ、奥のほうまで入れると痛いようで、たまにギュッと手を強く握ってくる。

やっぱり回数自体はあまりないのか……それとも。

そんなはずはないと思いながら、それでも必死に腰を振る。

「はあっ、はあっ、ああんっ！　んはあぁ……ユーキさんっ、いい……ああんっ♥」

この初々しい反応は意外だった。普段とのギャップがありすぎる。

舞由は見た目とはまったく違い、身持ちの固い子だったらしいな。

少し偏見を持っていた自分を改めて反省する。

「……悪いな。舞由」

「んんぅっ？　どうしたの？」

「いや……もっと早く気持ち良くさせてあげられたら良かったんだけどなと思って」

「んんぅ……そんなこと気にしないで……んあぁぁっ、はあっ。私、今すごくいいから……あうっ、ふあぁぁっ♥」

嬉しそうに微笑む舞由の顔を見ながら、丁寧に力をセーブして前後運動を繰り返していく。

「んっ、んあっ、はんんぅっ！　あっ、はあ……んっ、んんぅ……」

「ぐっ……あ、あれ？　これは……」

普段なら、きっとこんなものでは物足りないはずだ。

しかし、目の前で揺れる大きな胸と、健気に俺を受け入れる舞由を見ていたら、不思議といつの間にか限界近くまで高ぶってきた。

早漏というわけではないと思うが……やはり、こんな美少女を相手にすると我慢できなくなるのかもしれない。

「んああぁんっ♥　んっ……はあっ、あぁぁ……あうっ、んんぅ……」

「む、むぅ……」

ただ、やはりもう一歩というところで、うまくいけない。

もうちょっとだけ速く動かせればきっと……。

「んんぅ……あんんぅ……どうしたの？　ユーキさん……なんだか難しそうな顔してるけど……」

「あ、ああ……舞由、ごめん。そろそろ俺、我慢できないんだ……もう少しだけ動かしてもいいか？」

「あっ、そっか……んんぅ……うんっ、いいよ。もう慣れてきてるから、少しくらい動いても大丈夫……あんぅ……」

「くぅ……本当に出そうだ……じゃあ、飛ばすぞっ！」

「んんんぅっ！　ふあっ、ひゃうっ、あうっ、んあああぁっ！」

早すぎる射精感を溜め、痛がらないギリギリの速さを見極めて腰を動かす。

「ふあっ、はっ、はんんうっ！　ああっ、なにこの感じぃ……あっ、ああぁっ！　アソコがピリピリ痺れる感じで、なんだか……腰がなくなっちゃう気がする……んあぁっ！」

「ああ……とんでもない締めつけだな。舞由の中は最高に気持ちいいっ！」

「んくっ、ふあぁんっ！　ああっ、あうっ、そうなんだ……ユーキさんが喜んでくれるなら私ぃ……あっ、あぁぁんっ♥」

「ぐっ⁉　出るっ！」

ドププッ！　ドビュルッ、ビュクビュクッ！

「くんんぅっ！　んはっ、はぐうぅ……ああっ！」

まったく我慢できず、暴発気味に彼女の中で果てた。

まったりしていた時間を除けば、多分、今までで一番早すぎる射精だったと思う。

「んんっ、んはぁ……あんんぅ……ビクビクって、おちんちんが中で暴れてる……あんんぅ♥」

「ふうぅ……」

抜き取ると亀頭の先で、ゴムの精液溜まりがブラブラ揺れている。

こんなに出るとは……。これ以上出たら、破れていたかもしれないほどだ。

「んんぅ……？　あっ、それがユーキさんの精液？　わー……いっぱいだね。それくらい気持ち良くなってくれたってこと？」

「それはもちろん」

暴発気味で舞由には物足りなかっただろうが、俺にとっては充実した大満足のセックスだった。

「……悪いな、舞由。痛い思いだけで、うまくイかせてやれなかったけど……」

最後に激しくしてしまったけれど、痛みは大丈夫だったのだろうか？

気になって彼女のほうを見ると、シーツに見慣れない色が見えた。

……愛液の染みか……ん？　でもこれ、ものすごく赤くないかっ⁉

「…………え？　もしかして、舞由、お前……」

「あー……やっぱりバレちゃった？　ふふ……うん。初めてだったの……」

上目遣いで恥ずかしそうにはにかむ舞由の言葉に、また胸が大きく脈打った。

なんとなく予感はあったが、こんな美少女がほんとうに始めてだったなんて……。

ぎこちない舞由との初体験を、思いがけず貰ってしまったのだった。

「ユーキさんって、本当に優しいよね」

しばらくベッドにふたりで横になり、初体験の余韻に浸っていると、ふと舞由がそんなことを言ってきた。

「そうか？　結局は立場を利用して、連れ込んだ女の子の初めてを奪ってしまうようなおっさんだぞ？」

「別に奪われたわけじゃないし。私からあげたかったの。それにほら、こういうときって、もっとエロいことさせられたりとか、適当な扱いをされることが多いって聞いてたからさ。例えば、友達のエリちゃんの話だけど……」

残念ながら、舞由の交友関係はあまり良くないらしい。

その後、いわゆる『神待ち』系の男たちのひどい話を聞かされ、同じ男ながら、とても胸糞が悪くなる。

「そうだったのか……でも、俺は性格的に、そういうのは無理だな……小心者だし、そもそも女性との付き合い方をあまり知らないからな」

「あー。そういうところはあるかも」

「うぅ……」

正直に言われてちょっと凹む。

「でも、逆に私にとっては、そんなユーキさんで良かったよっ♪」

ぎゅっ……。

甘えてくるように抱きついてくる。

「男の人をあまり知らない私にとって、ユーキさんは最高の神様だったのかも。うーん……レアキャラを引いた感じ？」

「俺はガチャの景品か……」

「ふふふ♪ ね？ 今度から、裕樹って、呼んでいい？ 『さん』付けは、なんだか他人ぽくて嫌だから」

「え？ まあ、別にいいけど……」

「やったー♥」

そんなことで喜んでくれる舞由を見ていたら、急に、学生時代に好きだった子を思い出した。

結局、その子には『裕樹くん』と呼ばれるだけで、何も進展しなかったが、呼ばれるたびに気持ちが高まっていたのを覚えている。

そして今――。

「じゃあ……裕樹っ♪」

「あ……ああ……」

この瞬間、俺ははっきりと気づいた。

セックスの途中で受けたあの懐かしくも切ない胸の高鳴りと高揚感。

それは間違いなく、恋をしたときのものだということを。

第二章 新しいふたりの生活

保護した手前というよりも、色々して手を出してしまったという罪悪感のほうが、大きかったせいかもしれない。

「とりあえず、舞由の気の済むまでここにいていいから」

「うんっ。ありがとうっ♪」

ややなし崩し的な部分はあるが、舞由の事情がきちんとおさまるまで、ここで住むことを許可したのだった。

俺のほうにも、彼女ともっと一緒にいたいという気持ちがないと言えば嘘になる。

だから、これはお互いにとってＷｉｎ―Ｗｉｎな関係とも癒えるだろう。

これからは本格的に彼女と一緒に住むことになったわけだが……。

「……やっぱり、着替えとかアメニティグッズとか、そういう物は必要になるよな？」

「え？　もしかして用意してくれるの？」

「それは、まあな」

今どきの女子が、いつまでも男用のシャンプーで頭を洗ったり、俺のシャツで部屋をうろついているのは良くないだろう。

「というわけで、買い物に行こうと思うけど、どうかな」

「わ〜〜いっ！ 裕樹っ、気が利く〜〜っ♪」

嬉しそうな舞由が腕に抱きついてくる。

俺はそれに鼻の下を伸ばして、とても良い気分になる。

久しぶりの休日を利用して、必要なものを買いに行くことにした。


自分ではあまり足を伸ばさない、街のデパートやアパレルショップへと出向いて、舞由のものを買っていく。

「ね？ この下着どう？」

「い、いや俺に聞かれても……というか、こういう下着売り場に男の俺がいていいのか？」

「うーん、どうだろう？ 一緒に来たことないし。でも連れの女の子がいるなら、きっと変なふうには見られないと思うよ」

「ほ、ほんとか？ にしても、居心地がものすごく悪いんだが……」

やはり、年齢の違いが目立っているかもしれない。そう居心地悪く思っていると……。

「……ごめんなさい、どなたですか？　店員さん呼んでいいですか？」

舞由が、急に他人行儀というか、俺を知らない人扱いしてくる。

「ちょっ⁉　こらっ、それはシャレにならないからっ」

「あははっ♪　ごめーん」

そんなふうに、他の店でもさんざんからかわれながらだったが、楽しいショッピングが続いていった。

こんなに買い物が楽しいものだとは知らなかった。

それに女性用の服や小物などの知識はなかったので、意外と勉強にもなった。

もうちょっと詳しく調べてみてれば、いつか舞由にプレゼントしてあげられるかもしれない。

……って、何を考えているんだ、俺は……。

別に彼氏でもないやつにプレゼントをもらっても、喜んだりしないだろうに……。

でも今日は、ちょっとデートっぽいな。

そんなことを考えたら、途端になんとなく恥ずかしくなってしまった。

いったい、何を浮かれているんだろうか。

「ん？　どうしたの？」

「い、いや……なんでもない」

心の内を悟られないようにして、やり過ごす。

そんな勘違いをしてしまうくらい、とても楽しい時間を過ごした。

帰りにはスーパーに寄って買い物をし、今日は一緒に食事を作ることにする。

「私、料理はあまり得意じゃないけど……でも今日の買い物のお礼だから」

そんなふうに言って、メインの品は舞由が作ると譲らなかった。

時々、舞由は自分を低く評価することがあるが、年齢などを考えれば、料理の手際は決して悪くない。

実際、味は良かったし、俺もついつい食べ過ぎてしまうくらいに満足のいくものだ。

掃除も洗濯も同じだ。

人を見た目で判断するのはよくないが、舞由は俺が思っているよりもずっと家事をそつなくこなしていた。

役割分担——というよりも、俺がかなり甘えてばかりだが、ふたりでの暮らしが少しずつ形になっていった。

共に過ごす時間を重ねるたびに、家の中に彼女ものが少しずつ増えていく。

それを見るたびに、あらためて一緒に暮らしているんだという実感が湧いてきた。

それと同時に、舞由と過ごす時間を増やしたいとも思うようになってきた。

なので今までよりも、さらに効率的に早く終わるように、仕事へ力を入れる。

まあ、あまりがんばり過ぎると余計に仕事が増えるので、そこはほどほどに上手くこなしたが。

多少は残業もあるが、最近では定時に近い時間に帰れるようになってきている。

以前とは違い、生活に張りが出たからだろうか。苦痛でしかなかった会社の行き帰りも足取りが軽い。

そうか……気分次第で、こんなに変わるんだな……。

自分でも、驚くほどの変わりぶりに苦笑する。

「ただいま」

「おかえりー。お疲れさま～」

明るく電気のついた部屋に帰宅すれば、いつも舞由が出迎えてくれる。

それだけで、仕事の失敗や上司の嫌味で傷付いた心が癒やされる。

そして、コンビニ弁当ばっかりの味気なかった夕食が華やかになり、その日あったことなどを話したりして過ごすようになった。

ただ、舞由の家出の理由までは、今まで同様に聞かないようにしていた。

あまり詮索されたくなさそうだし、もしそれを聞いてしまった結果、彼女がいなくなるのは嫌だったからだ。

だから、自分から話してくれるようになるまでは、俺は彼女の事情に踏み込まないようにした。

それが、舞由にも心地よかったのかもしれない。しかし……。

「裕樹って、消極的だよね」

「え？　ああ、確かにそうかもな……」

ふとしたとき、そんなことを言われて少し不安になった。

もしかしてこんなことがきっかけで、舞由は出ていくんじゃないか……と。

「あっ、悪い意味じゃないよ？　全然、嫌だって思ってないから」

内心が顔に出ていたのか、舞由は俺の不安を払拭するかのように体を密着させてくる。

「でも、どうして急にそんなことを？」

「ほら、だって私のことをうるさく詮索してこないでしょう？　それにエッチなことだって、自分から強く求めてこないし……」

「それは……あまり嫌がるようなことはしたくないからな」

「ふふ、そういうところが、裕樹の良いところだなーって、最近思っているの」

「うん？　それは良いところ……なのか？」

消極的という評価は、あまり良い意味に使われることはないと思うが……。

「絶対、いいよ。だから私のほうから、こうしてエッチなお誘いができるんだもん♪」

むにゅんっ！

「お、おおう……」

密着度はさらに高まり、嫌でも意識してしまう爆乳を俺に押し付けてくる。

ああ……なんという柔らかい心地良さなんだ。

当然、俺の口元はだらしなく緩んでしまう。

「んふふ。幸せそうな顔してる〜〜。まあ、裕樹から迫ってきても別に良かったけどね。

元々興味はあったし。だから、初めても裕樹が相手ならいっかーって」

「いっかーって、またそんな軽い感じで……興味があったなんてそんな簡単な理由でするものなのか？」

「あのねぇ……そんな理由だけのわけないでしょ？」

呆れ顔で俺を見てくる。

「え……？」

「あ……」

だが、その目は段々と、なぜか俺の視線から逃れるように逸れていく。

あと、少しずつ顔も赤くなっているようだ。

「そ、それってつまり……」

「自分で考えて！　ほらっ、早くシよっ♪」

「えっ？　あっ、むぐむぅっ⁉　んんぅ……」

答えを聞く前に舞由が唇を塞いできた。

まあこれは多分、恥ずかしさをごまかすためのものなんだろう。

「んっ……舞由に誘われたら断れないな……ちゅむっ……」

気付かないふりをして、俺からも舞由を求めていく。

「んんぅっ♥　ちゅ……。ふふっ、そう来なくっちゃね♥　ん～～ちゅっ♪」

相変わらず積極的な彼女は、俺の舌を受け入れながらさらに絡めて、甘い唾液を交換してくる。

「おあっ⁉」

「えへへっ。こっちもちゃんと元気みたいじゃん♪」

ニヤリと笑いながら、舞由が不意打ちぎみに俺の股間をさすってきた。

そんな見た目以上のいやらしい仕草に、自然と俺の気持ちも高ぶってくる。

「まったく……初めてだったくせに、そういう知識は豊富なんだな。どれだけ耳年増なんだか」

「なっ⁉　べ、別になりたくてなったわけじゃないし……ただ周りにそういう感じの子が多かっただけだから……」

「まあそういう子たちがいたからこそ、舞由にいやらしいことしてもらえるわけだから、感謝しないとな」

てしまうんだ」

「えー？　それって感謝する相手が違うんじゃない？」

「もちろん、舞由自身には心から感謝してるさ。そのお返しにこうして自然と手を伸ばしてしまうんだ」

「んあっ⁉　きゃううぅ……ああんっ！　も、もうそっちのほうから弄っちゃうのっ⁉　あうっ、くんんぅっ！」

反撃されると思っていなかったのか、無防備だった舞由の股間を弄ると、ぴくんっと全身を震わせた。

「あっ、あうっ、はんぅ……し、しかも、直接触っちゃってるし……あんんぅ……裕樹、そういうとこだけ大胆なんだから……ああんっ♥」

自分からエッチなことをするのは抵抗がないようだが、されると耐性がないあたり……実に初々しくてかわいい。

「ははっ。舞由も相当だと思うけどな。っと……もう湿ってきてるし」

「あうっ⁉　んんっ、はあぁ……裕樹の指がエッチ過ぎるから……んくっ、はあぁ……すごく気分が良くなってきちゃった……もっと直接、イチャイチャしたい」

「え？　おお……」

興奮してきた舞由が俺の服を脱がしにきた。

しかも意外と手際が良くて、あっと言う間に全裸にさせられてしまった。

もちろん、こちらからも脱がそうとしたが、残念ながら格好良くスムーズには脱がせられない。

「んんぅ……もう、自分で脱いじゃうからいいよ♪」

余程もどかしかったらしく、自分から全てを脱ぎ捨てていった。

「おぉ……見ていて惚れ惚れするな……というか、思いきりがよくなってないか？」

「そうかな？ んっ……でもこれでしやすくなったでしょう♥」

「まあ、確かにな」

「んんあぁぁっ♥ ちゅぷっ、んちゅぅ……はあっ、あぁぁんっ！」

肌と肌を直接合わせ、キスを繰り返しながらお互いの股間を弄りまくって愛撫する。

「ふあぁぁ……あぁんっ！ やだ、これ……前よりもすぐに気持ちよくなっちゃう……はあっ、くんんぅっ♥」

舞由の感度が良いせいなのか、俺のようなテクニックでもすぐに愛液が溢れ出してくる。

「結構、良い具合に感じてるみたいだな」

「んんっ、はんんぅ……そうなの……裕樹の指で触れられると、すごく熱くなっちゃう……」

目を潤ませ、熱っぽい吐息をこぼす。

「ん、あ……はあ、はあ……なんでだろう？ 私、こんなすぐいっぱい濡れちゃって、気持ち良くなっちゃうの……」

「それは多分、舞由がエロいから――」

「違うしっ！　ん、は……んうっ！　はあ、はあ……裕樹が上手なだけだからっ……あうっ、はんんぅ……そこは間違えないでよねっ……んっ、んはぁ……」

「あっ、はい」

なぜか、ものすごく怒られてしまった。

だが、お世辞でも、自分の愛撫でこんなにも感じてくれているというのは嬉しい。

もっと気持ちよくなってほしい。もっと感じさせたい。

「んああっ！　あうっ⁉　は、入ってきちゃってる……あっ、ああんっ♥」

舞由の感じやすそうな部分をもっと探るようにして、膣口付近を指先でくすぐるように弄っていく。

「んくっ、んぅ……あっ、ダメ……はあっ、はううっ！　こ、これじゃすぐに……んんぅっ⁉　きゃううぅんっ♥」

急にビクッと全身を震わせると、ぎゅっと俺の手を掴んできた。

「……ん？　どうした？」

「はあっ、はああぁ……い、今、一瞬目の前が真っ白になっちゃった……はあぁ……」

「それって……もうイったのか？」

「う、うん……はぁぁ……♥」

　軽く息が上がっている舞由が満足そうにうなずいた。

「あんんぅ……でもこっちばっかり弄るんだね。今日は、おっぱいじゃないんだ？」

「いいや、舞由。それは違うぞ？　俺は食べ物だって、好きなものを最後にとっておくほうなんだ。だから胸はこれからだ」

「へー？　そうなんだ～？」

　俺の言葉に、なぜか舞由がニヤリとした。

「う～～ん、でも、どうしようかな～っ？　もうイかせてもらったしー？　おっぱい触れるのはもういいかなーって思ってたんだけどー？」

「なにっ⁉」

　イタズラな顔をすると、背中を見せて胸を隠し、俺に触らせないポーズになる。

　おっぱい星人である俺に、なんてとんでもないダメージを与えるイジワルなんだ……。

「こらこら。その至高の胸を今すぐ渡しなさい」

「そんなこと言っても、これ私のなんだけど？」

「イジワルするなって……ん？　ああ、そういえば……。舞由の胸と同じくらいに良いものがあったな」

　てっきり見落としていた、二つの素晴らしい双丘をむんずと掴む。

「ふわわっ⁉　えっ⁉　お、お尻っ⁉」

「ああ、その通り。こっちも胸に負けず劣らず、とても立派だぞ」

「うっ……それは、褒め言葉じゃないんだからねっ！」

「そうなのか？　でも、触り心地は抜群だぞ」

「あうっ、はんぅ……ああっ！　やんぅ……ちょ、ちょっとそんなに触らないで……ああんっ♥」

柔らかさでは胸には劣るが、適度な弾力とつやつやの肌は、実に弄りがいがある。

うむ……触ってもよし、見ていてもよし……これはこれでムラムラしてくる。

「くっ……もう我慢できない！　胸を触らせてくれないなら、このままするぞ！」

「え？　このまま って……ふああぁんっ⁉」

まだ後ろを向いたままの舞由の腰を引き寄せ、ベッドの上で四つん這いにさせる。

そして、柔らかい尻肉を無理矢理に左右に開いた。

「ほう……このほうがアソコもよく見えて入れやすそうだな」

「なっ⁉　まさかこの格好でするの⁉」

「もちろん。胸を差し出さなかった舞由が悪い」

「ううぅ……。顔が見えないと、なんか余計に恥ずかしいんだけど……」

「大丈夫だ。恥ずかしがっている舞由も可愛いからな」

「なっ⁉ そ、そういうの今、求めてないし……きゃううぅんっ⁉」

丸見えになった膣口へ、亀頭をずぶりとめり込ませる。

「んあっ……うっ、んくっ、ふあっ⁉ んんんんぅっ！ はうっ、はあぁ……裕樹ぃ……は、入った？ んくぅ……」

「ああ、全部入ってるぞ」

愛撫でかなりほぐれていたのか、挿入はかなりスムーズで、根本まですぐにねじ込むことができた。

しかし、セックスを覚えたての膣内はかなり狭く、俺の肉棒以外に入り込む余裕は、紙一枚もないような感覚にさえなる。

「あっ、んあぁ……ぜ、全部入っちゃってるんだ……確かに、お腹の奥のほうまでみっちり詰まっちゃってる感じ……んんぅ……」

「痛みは……大丈夫みたいだな」

「うん、平気……んんっ、はあ……なんだかアソコがすごく熱くなって、ムズムズしちゃってるの……あんっ……だから動いてもいいよ……。ううん……動いてほしい」

「……そこまで大丈夫なら、お言葉に甘えてするぞ」

「んくうぅんっ！ ふあっ、はあぁぁっ♥」

亀頭に張りついて放さないような膣壁を、やや強引に擦るようにして、力強くゆっくりと出入りを開始した。

「あんっ、すご……んんっ！　おちんちんが、ズルズル擦れて、私の中を持っていっちゃいそうになる……あぁんっ！　でも……すごくいいぃ……裕樹に広げられて擦られるのっ、気持ちいいぃ……ふあっ、あぁぁっ！」

「くっ……本当に相変わらずの狭さだな……こっちも気持ち良くて、力が抜けそうになるよ」

「あんっ、んんんぅ……そのわりには、中ですごく硬くなっちゃってるよ？　あうっ、はんぅ……あぁっ……裕樹をいっぱい……感じてるよぉ」

俺が腰を動かすと、背中を大きくそらして甘い声を上げる。

後背位での行為は俺に強い背徳感を与えつつ、美少女への征服欲を満たしていった。

それに様子を見る限り、舞由はもうけっこう余裕がありそうだ。これなら。

「くっ……ガマンできそうもないな……悪いがもう少し激しくいくぞ」

「んえぇっ!?　あっ、うんっ、んはあぁんっ♥」

そのままさらに腰に勢いをつけ、彼女の中を激しくかき混ぜていく。

「はっ、はあっ、んはあぁっ！　エッチな音が出ちゃってる……ああんっ！」

愛液がますます染み出してきているので、狭いながらも十分に動けるようになった。

「あふっ、んぁ、こ、これ……後ろからするの、すごいね……顔が見えない分、感覚がア

ソコに集中しちゃって、余計に感じちゃう……んんぅっ！」

舞由が色めいた声でそう言った。

俺は丸みを帯びたお尻をぎゅっとつかみながら、腰を往復させていく。

「んはっ、ああっ！　裕樹の元気なおちんちん……奥まできてるぅっ！　んはっ、んああぁぁ♥」

上気するきめ細かい肌に、薄っすらと汗がにじむ。

つややかで綺麗な背中に流れる髪が妙に色っぽくて、さらに興奮しながら腰を振る。

「んはあぁっ！　あっ、あうっ、やんっ、またグンって、中で硬くなったぁ……あっ、あぁっ♥」

膣襞がこすれ、気持ちよさが増していった。

バックという初めての体位だが、あっさりと受け入れて喜んでいるようだ。

「はっ、はんんぅ……あんっ、んんぅっ！　この格好、恥ずかしいのに……気持ちいいのが止まらないよ……あっ、んんぅっ！」

「ああ……舞由はなんてそそる身体をしているんだ」

「んえっ⁉　ふなあぁんっ！　あっ、やだ、おっぱいも……あぁぁっ♥」

腰を打ちつけるたびに、後ろからでもわかる爆乳が揺れるので、つい手を回して鷲掴みにして揉みまくる。

「はうっ、くんんぅ……あっ、あんんぅ……け、結局、おっぱいは触るんじゃない……あうっ、んんぅ……」

「仕方ないだろう。そこに胸があるのだから」

「名言みたいに言わないで……んっ、んあぁぁ……でも一緒にいじられると、お腹の奥のほうがキュンっとしちゃうぅっ♥」

　かなりセックス自体に慣れてきたみたいだ。

　勢いで少し深めに突き入れてしまうが、嬉しそうによがっている。

「ん？　あ……すごいな。愛液でシーツにまた染みができてるぞ」

「んえっ⁉　やうっ、はっ、はんんぅ……だ、だってしょうがないじゃない……裕樹のおちんちんが気持ちよすぎるのがいけないんだから……ああぁんっ！　はうっ、それに出っ張ってるところがゴシゴシ私の中をえぐるみたいに擦るから……んんぅっ⁉　ふあっ、あぁっ！　こ、これすぐイっちゃうぅ……あぁぁんっ♥」

「くっ⁉　な、何だこれ……」

　根元を手で握られたのかと思うくらいに、膣口が急に強く締めつけてきた。

「あぐっ、まずい……少し力を抜いてくれよ、舞由」

　まだ全力で動かしていないが、すぐにでも出てしまいそうだ。

「はうっ、あんんぅっ！　む、無理ぃ……あぁっ♥　身体が勝手にやっちゃってるの……

んあぁぁっ！　も、もう頭の奥が熱くなりすぎぃ……あぁぁっ♥」

射精と快楽の微妙な駆け引きの間で揺れる俺を尻目に、舞由はまた膣内を震わせ、大きく背中をそらした。

「あふっ⁉　ふあっ、あっ、イクうううぅぅぅぅっ♥」

舞由が気持ちよさそうな声を上げて絶頂したようだ。

再び膣口がぎゅっと締まり、肉棒を包み込む膣壁と粘膜が異様に熱く発火する。

「なぬっ⁉　こ、このタイミングでその動きは……くうぅ～～っ！」

「ふあっ、んんぅっ！　あっ、やんっ、まだ動いてるぅっ⁉　んっ、んんぅっ！　イってるのに、そんなにっ、おちんちん動かしちゃっ、やあぁぁんっ♥」

「そうは言っても、俺も腰が止まらないんだ。それにこれはもう……うくっ⁉」

「んんぅっ⁉　んあっ、あっ、今またおちんちんっ、びくんってしたぁっ！　これっ、もう裕樹も……あぁぁんっ♥」

膣内の痙攣するような震えと、きつすぎる締めつけにもう耐えきれない。

「あぁっ、出るっ！」

「んっ、んんっ、はあぁんっ！　あぁっ、うんっ、出してっ、一緒にまた、イってえぇえぇぇっ♥」

「くうぅっ！」

ビュルルルルッ！　ビューーッ！　ドビュルルルルーーッ！

「ふはぁんっ♥　あはああああぁぁぁぁっ♥」

射精の一歩手間で勢いよく引き抜き、プルプルのお尻に亀頭を押し付けて発射した。

「んはっ、はぁんっ♥　ああっ、熱いぃ……んんっ♥　すごい勢いの裕樹のせーしっ、いっぱいかかってるぅ……あんんぅ……♥」

「はあっ、はあっ……やばい、ちょっと危なかったな……」

ギリギリのラインでの外出しにヒヤッとした。

「んっ、はんんぅ……別によかったのに……んぅ……」

「そういうのは、簡単に言うもんじゃないさ。って、着けずにヤった俺が言うのもなんだけどな……」

「んふふ……まーじめ♪　でもそこがいいところだけど……」

汗をにじませて震える白い尻肉を、たっぷりの白濁で汚し、俺はとても充実した気持ちで彼女の後ろ姿を眺めたのだった。

裕樹に声をかけられたあの日から、想像もしていなかったような、暖かく楽しい同棲生活が続いている。

少し前の私なら、裕樹のことを恋愛対象として見ることはなかったと思う。

でも、あの優しさと真面目なところに、いつの間にか引き込まれていた。

こんなふうに、自分が変わっていくとは思わなかった。

この生活のことも、そして身体を重ねる回数が増すほどに、良くなっていくセックスのことも。

「……たぶん、見る人が見たらヘタレって言われちゃうんだろうけど……でも、ただすごく優しいだけなんだよね。しかも私に対しては本当に大事に思ってくれてて…………えへへ……」

日課の日向ぼっこをしながら、誰が相手というわけでもないけど惚気《のろけ》てしまう。

あの人の顔を思い出すたびに胸の奥が熱くなって、自然と顔が緩んだ。

それくらいに裕樹には感謝だけじゃなく、たぶん……ううん、好きだって気持ちが溢れてくる。

自分の気持ちに嘘はつけない。

単純とか、ちょろいとか言われそうだけれど、不器用で優しいあの人に、私はどんどんと惹かれている。

「はあ……。今日も早く帰ってきてくれるかな……」

ひとり待つこの部屋は、狭いようで広く感じる。

その原因は絶対、裕樹だ。

あの人がいてくれないと、寂しさがどんどん募っていってしまう。

「……おかしいな……待つのは慣れてるはずなのに……」

本当に……私は変わってしまった。

自分の中に、まだこんなふうに人恋しくなる気持ちが残っていたなんて。

「あ、そろそろ夕飯の準備しないと」

ぼーっと考え事をしていたら、いつの間にか夕方になってしまっていた。

冷蔵庫の食材もなくなってきているし、今日はスーパーの特売日だ。

「それじゃ、行ってこようかな」

沈みかけている夕日の空を見ながら、私はいつものように買い物に出かけた。


「あれ？　舞由？」

「あ………裕樹っ♪」

買い物へ向かう途中、家に帰るところだったのか裕樹が声をかけてきた。

駅に続く道だとしても、こんなふうに出会えるなんて、もしかして私の願いが通じた？

なんて思ってしまう。

嬉しくて、私は裕樹の元へと駆け寄る。

「今日は早いんだねっ」

「ああ、仕事の区切りもよくてね。舞由はこれから買い物か？」

「うん、そうだよ」

「じゃあ、一緒に行こうか」

突然の誘いと、裕樹と一緒に買い物ができることに、ついテンションが上がってしまう。

「よかったー。今日はお米と洗剤とか、重いものを買おうと思ったんだよね」

「それ、俺の顔を見て思いついただろう？」

「ふふっ、そうだよっ♪」

「うわっ、悪びれないっ⁉」

裕樹との、こんな他愛のないやり取りが楽しい。

「あっ、そろそろ半額セールが始まるかもっ」

「え？　おわっ⁉　ちょっと待ってくれ、舞由」

つい、いつものように裕樹の腕に抱きつき、スーパーへと向かう。

でも、楽しいはずの買い物なのに、なんとなく違和感を覚えた。

視線を感じて振り向くと、意外と私たちは周りから見られていることに気付いた。

あっ！　そう言えば、裕樹はまだスーツだった……。

抱きしめている相手は、私にとってはいつもの裕樹だけど、傍から見ると年の差のある男女が仲良くしているようにしか見えない。

別に何もやましいことをしているわけじゃないのに、それだけでどうこう言う、おかしな人がいないとは言えない。

別に私が何か言われるのはいい。

派手目な見た目もあって、今までも不愉快なことをたくさん言われたことがあるし、他人に悪意を向けられるのも慣れっこだ。

でも、私のせいで裕樹にまで迷惑をかけるのは、ぜったいに嫌だ。

私のせいで裕樹の立場が悪くなるなんて、耐えられない。このまま、彼との暮らしを続けたい。

今の私たちの関係は他人の悪意だけでなく、余計な善意にだって、簡単に壊されてしまうほど不安定なものでしかない。

だから……私は、組んでいた腕を放した。

「どうかしたか？」

「……ほら、これから重たい荷物をたくさん持ってもらうでしょ？　片手じゃ持ちきれないと思って」

「そんなに買うつもりなのか？　まあ、舞由に持たせるよりはいいけど」

「裕樹、そういうとこ優しいよね」

「それくらい当たり前だろ？」

「そんなふうに言ってもらったんだし、色々とお願いしちゃおっかな♪」

「けっきょく、最初から狙っていたんじゃないか？　まあ、可愛い子の頼みだからな。喜んで持つさ」

「あは……頼りにしてるよ」

その日から、人目のあるときに、大好きな腕に抱きつくのはお預けにすることにした。


数日前から、舞由の態度が少しおかしい。

彼女と過ごした時間は短いが、俺の気のせいなんかじゃないとはっきり言える。

「それじゃ、行ってきます」

「うん、がんばってねー」

いつものように出勤するときは笑顔で見送ってくれるし、帰宅すれば、明るく出迎えてくれる。

ここまでは変わらない。今までの——彼女と過ごすようになってからの普通の日常だ。

会話も態度もおかしなところはない。

けれど――。

休日に外へ一緒に出かけないかと誘うと、

「う〜ん……今日はいいよ。まだ食材はいっぱいあるし、欲しい物もないし。それより、最近ハマっているスマホゲームしない？」

などなど、様々な理由をつけて、断られることが多くなった。

以前は、舞由が望んでふたりで出かけることもあったのに、だ。

外に出るのが嫌なのか？　もしかしたら、家出した理由に何か関係があるのか？

そんなことを考えもしたけれど、平日は買い物へ普通に行っているようだし、息抜きに軽く散歩をしていたりもしている。

どうやら、外に俺と一緒に出かけるのを避けているような感じがする。

俺のことが嫌いになった、というのはまずないだろう。

最近、毎日のように必ず一回は肌を合わせているし、普段もかなり密着してきてくれている。

こうなった原因として考えられることと言えば、あの買い物のときだろう。

そう言えばあのとき、急に腕から離れていった気がする。

そうなった理由を自分なりに考えてみた。

その結果――。

「……なあ、舞由。もしかして、俺に気遣っているのか？」

そうとしか、俺には考えられなかった。

「……え？　どうしたの、急に……」

「いや、最近、一緒に出かけてないからさ。舞由が嫌じゃないなら、一緒に街へ出歩きたいと思っているんだけどな」

「あー……別に嫌とかじゃないけど……」

そう言って歯切れの悪い返事をしながら、あまり俺と目を合わせなくなる。

明らかに原因は俺だろう。しかもたぶん、それは……。

「……周りの目を気にしてくれているんだろう？」

「っ!?　なんでわかって……あっ！」

どうやら図星だったようだ。

「舞由なりに、色々考えてくれているんだよな。ありがとう……でも誰からどう見られようと俺は構わないぞ」

「そ、そうは言っても、やっぱり私みたいなのと、ちゃんとした社会人の裕樹が一緒にいたら誰だって……」

「だから関係ないって。俺は舞由を迷惑だなんて思っていないから」

目をパチクリとさせる彼女の肩に、優しく手をおいて真っ直ぐ見る。

「舞由が色々と心配してくれるのは正直、かなり嬉しい。でも舞由と一緒に歩けなくなるのは嫌なんだ。だから今まで通り、俺とデートしてくれないか？」

「あ……うっ……」

舞由は泣き笑いのような顔をして、言葉を探すように視線を左右に揺らす。

俺自身かなり恥ずかしいことを言っているし、思いっきり似合わない。

だけど、ここできちんと気持ちを伝えないと、後悔する。そんなふうに感じていた。

だから俺は、遠慮する舞由をきちんと説得したかった。

「だめかな？」

きっとその気持ちは、彼女にも伝わったと思う。

でもちょっと雰囲気が足りなかったのかもしれない。

「……へ、へ～？　裕樹って、そんなに私のこと好きなんだ？」

耳まで真っ赤になりながらも、照れ隠しのようにからかいながらそんなことを言ってきた。しかし今日の俺は、ちょっと変なモードが入っていた。

「あのなぁ……好きじゃないとでも思っているのか？　今までの行動を見て」

「……え？」

不意の告白に、からかい気味の目がパッと見開かれた。

「あっ、え、えっと……？　え？　えぇぇっ⁉　ちょっとなにそれっ⁉　な、なに言って……る……の？」

どうやら軽くパニックになっているようで、俺の言葉がうまく理解できないらしい。

だから——。

「だからっ！　大好きだって言ってるだろう」

ガバッ！

「あっ……」

視線を合わせない舞由を逃さないよう、強く抱きしめた。

「うぅ……さ、さっきは……大って、言ってなかったし……」

「じゃあ、今言った」

「う、うん……そうだよね……言ったよね、裕樹が……あうぅ……」

俺の腕の中の彼女はまるで発火しているんじゃないかと思うくらいに熱くなり、その場で固まってしまった。

ついに、きちんと俺の口から告白できた。

「……わかったか？　舞由」

「あ……う、うん……わ、わ、わかった……」

しばらくなにも言わないので、もう一度確認してみたが、一応、返事はできるようだ。

でも俺が望んでいた返事ではないんだが……。

「はぁ……なんだか反応が薄いな。ちゃんと伝わったんだよな？」

「そ、それはもう十分に……わ、私、こういうことって直接言われたの初めてだから、どうしていいのか、わからなくて……」

「え？　そうなのか？」

　こんなに派手で目立つ美少女なのに告白の経験がないとは……これはもしかすると、高嶺の花だと最初から諦めて、誰もチャレンジせずに残ったという噂に聞くパターンなのかもしれない。

「……なんだか裕樹にはいつも、私の初めてを奪われっぱなしな気がする」

「そ、それはなんか申し訳ない……のか？」

　こんなおっさんが、こんな素敵な美少女を……。思わず申し訳ないといった感情がs出てきてしまったが……でも好きであるというこの気持ちはウソではない。

　それはきちんと舞由にも伝わっているはずだ。

「別に悪いって言ってないし……むしろすごく……」

「すごく……？」

「……と、とにかくっ！　私がエッチしたいからっ！　裕樹はもうそこで寝ていてっ！」

「は……？　え？　おわっ⁉」

　急に世界がグルンっと回ったと思ったら、ベッドに横たわっていた。

どうやら押し倒されたらしい。

あまり痛さも感じずに、不思議なくらい身体が飛んだのでちょっと驚いた。

「……舞由って、なにかスポーツをやってたのか？」

「別になにも？　ただ護身用にちょっと親からやらされただけ。まあ街中で変なやつとかいても、追い払うくらいはできるけど」

「あ、ああ。そ、そうか……」

どうやら高嶺の花というだけで、近づきづらくなったわけではなさそうだ。

「そんなの今はどうでもいいでしょ。さあ……♥」

「ぬむっ⁉　むむむっ……」

相変わらずやる気満々な舞由は上から抱きつき、そのまま貪るようなキスをしてくる。

「ちゅっ、ちゅむっ、んんぅ〜〜っちゅぷっ♥　んはあぁ……おいしっ♪　脳がとろけちゃうくらいに裕樹のキスっていいよね♥　ちゅむっ、んちゅぷっ♪」

「むぷっ……そ、そこまでじゃない気もするが……まあ俺も嫌いじゃないな、舞由とのキスは……んっ……」

「ふふ、だよね♪　んんぅ……でも裕樹はこっちも好きでしょう？」

「ぬわっ⁉」

キスで油断をしている隙きに、舞由の手が股間を擦ってきた。

「わぁ～～っ⁉ 思ってたよりいっぱい勃起してるじゃん♪ 窮屈にさせて、なんかごめんね。すぐ開放してあげるから♥」

「ちょっ⁉ べ、別にそれは自分でも……おふっ⁉」

俺の静止も聞かずに、舞由はすぐにズボンをパンツごと脱がし、ギンギンの肉棒を見つめる。

「あ……先からもうお汁が出ちゃってるし♪ キスだけでそこまで興奮しちゃうなんて、やっぱりスケベだねー♪」

「こ、このくらい普通だって」

「本当に？ 私が裕樹しか知らないからって、適当に言ってない？」

「そ、そんなことはないと思うぞ。それに舞由のキスも情熱的だったし、上からその胸を押し付けられる感触が気持ちよすぎるのがいけないんだ」

「はいはい。まあ、私のこと大好きだから、妄想しまくって待てなくなっちゃったんでしょう？」

「ぐっ……」

確かにそれが大きな理由でもあるので、言い訳できない。

「ふふっ、仕方ないなー。おちんちんは準備いいみたいだから……もうしちゃうよっ♥」

そう言って余裕の笑みを浮かべる舞由が、下半身丸出しな俺の上に跨ってきた。

そして肉棒を握り、亀頭の先をしっかりと自分の膣口へと導こうしてくる。

「ちょっ、ちょっと待てって！　俺のほうの準備はいいとしても、お前の準備は？」

「………細かいことを気にする男は大きくなれないよ？　まあ、おちんちんは十分、大きいけど」

よく見ると膣口が愛液で瑞々しく潤っていて、その滴《しずく》はすでに彼女の太ももにまで筋を作っていた。

どうやら大丈夫らしい。というかどれだけエッチになってきているんだか……。

「……人のこと、スケベとかよく言えたもんだな……」

「なにか言った？」

「いいや。舞由にしてもらえるなんて幸せだなって言ったんだ」

「あはっ♪　そうまで言われちゃうと、気合が入っちゃうじゃない♥」

きっと照れているのだろう。

それを誤魔化すために、より積極的に自分からしようとしている。

「じゃ、私がしちゃうから……じっとしててね……あっ、はあぁ……♥」

ゴクリと喉を鳴らして生唾を飲むと、大きく息を吐きながら腰を沈めてくる。

「はうぅぅんっ！　んあっ、はあああぁ……あああんっ！」

ゆっくりと、まだまだ狭い膣内に肉棒が包み込まれていく。

「はあぁっ、入ってくるぅ……いっぱい私の中を広げながら……あうっ、はんぅ……いつもと違う感じに……おちんちんがはいってきちゃうぅ……ああっ⁉」

ムニュンッ！

「おお……」

股間に程よい重さで、お尻が密着してきた。

難なく俺の全部を、舞由は受け入れてくれたようだ。

「んくっ、んはあぁ……ああぁ……こんな奥のほうまで入ってくるなんて思わなかったけど……ちゃんと入ってるよね？　裕樹……」

「ああ、大丈夫だ。でも、よくこんなしっかりと入れられたな……」

自分からはあまり見えない体勢のはずだが、妙な角度にしたりすることなく、びっくりするほどスムーズだった。

「ふふんっ、でしょ？　なーんて、私も実はちょっとびっくりしてるの。あっ、はんぅ……これってやっぱ、私の素直な……」

「舞由の素直な？　なんだ？」

「まあそれは今は置いといて……。待たせちゃうとおちんちんも可愛そうだから、動くねっ♥」

肝心なところをはぐらかして、舞由が脚に力を入れて腰を浮かせる。

「んんんぅ……んはあぁっ♥　ああんっ、こ、こんな感じ？　んくっ、んんぅ……中でズルズルって動いてるけど……」

確かめるようにゆっくりと、舞由が上下へ動かしていく。

その動きはかなり良く、挿入角度も絶妙で竿が折れそうになることはない。

「あっ、はんんぅ……裕樹のほうは変じゃない？」

「ああ、大丈夫だ。くうぅ……良い具合に中で擦れる感じが、たまらないな」

「あっ、あうっ、あっ♥　んっ、そっか……んっ、ふぅっ……どう？　あんんぅ……大好きな私のおまんこ、気持ちいい？」

「もちろん。最高だ」

俺の上で腰を振っていく舞由を見上げると、ニッコリと微笑んだ。

「はっ、はんんぅ……あんっ、ああぁっ♥　そうだよね……私もすっごく全身が喜んじゃってるぅっ♥　あっ♥　ああんっ♥」

こんな綺麗な子が、俺のチンポを咥えこんで喜んでいる。

その状況に興奮が増していかないわけがない。

「くうぅ……最高すぎて、またすぐに出ちゃいそうだ……」

「んはあぁんっ！　あんっ、おちんちんがビクンってした……ああんっ♥　そうなんだ♪　それじゃ、もっとしてあげる♥」

「お、お手柔らかに……おおうっ⁉」

「あはっ♥　できるかな～～？　ああんっ、こっちも気持ちいいから、腰が止められないかも～～♪　あっ♥　んんぅっ♥」

腰を振る度に蠢動する膣襞にしごき上げられて、快楽が膨らんでいった。

「んっ、んんぅっ！　いつも当たらない場所にすごく当たる感じも、いい……裕樹のおちんちんっ、この格好でも気持ちよすぎぃっ♥　あぁぁっ！」

ちょっと慣れてきたのか、腰の動きも速くなり、楽しそうに振っている。

上下するたびに、ブルブルと目の前で揺れる胸。

正面から見るよりも下からのほうが大迫力の双丘は、最高の絶景だった。

「ああ……本当に素晴らしい眺めだな」

「うにゃぁ♥　あんっ、やんっ、急に揉まないでよ……あぁぁっ♥」

「そう言われても、手が勝手に伸びてしまうんだから仕方がないだろ」

それくらい魅力的な胸を、下から持ち上げるようにして揉みまくる。

「あんっ、いたずらしちゃダメだってば……今、けっこう良くなっちゃてるから、そっちまでされちゃうともう……んっ、んあぁっ♥」

「それは残念だ。じゃあ、乳首なら大丈夫だろう？」

「きゃううぅんっ⁉」

ピンッと弾いて刺激を送る。いやらしくツンっと勃った乳首に指先を這わせると、ビクッと全身を震わせた。

「はうっ、んんぅ……どうして大丈夫だって思うのよっ⁉ あふっ、んんぅ……あっ、あっ♥ 結局、どっちも敏感だって知ってるくせにぃ……。あうっ、くんんぅっ！ あぁんっ♥」

舞由は思いの外、乳首でも感じてくれているようで、そうしている間に愛液が垂れて、俺の股間をますます濡らしてきた。

「はっ、はぁぁんんっ！ こっちも気持ちよくなりすぎて、力はいらない……んんぅっ！ こうなったら、こっちでも……あぅっ……んぁあぁっ♥」

上下だけではなく、軽い回転を加えて腰を動かしてくる。

「うおっ⁉ これはすごい……」

グリグリと膣壁に強く当たって擦れる、柔肉の感触がたまらない。

その恩恵は舞由自身にも返っているようだ。

「んっ、んはぁぁっ♥ ああ、すごく気持ちいい場所に当たった……ここっ、すごくっ、イイぃーーっ♥」

膣口のキツい締めつけのまま、腰を巧みに使って激しく責め立ててくる。

「はっ♥ ああっ♥ くんんぅっ♥ ふあっ、おちんちんがまた硬くなって、グイグイ擦れるぅっ♥」

そんな舞由の激しさに、もう限界が見えてきた。

「くっ、ダメだっ、出るっ……」

「んんんっ？　そうっ、あっ、あぁぁっ♥　私もすぐなの……だから一緒にぃっ……あっ、あぁぁっ♥」

さらに腰を動かして、俺を果てさせようと締めつけてくる。

その動きと膣内の扱きは、極上の――。

「いや、ちょっと待てっ！」

枕元を確認すると、封を切ってないコンドームがまだあった。

「俺、着けてないぞ、今っ！」

危うくそのまま快楽に飲み込まれて続けるところだったが、ギリギリで踏ん張った。

だがそんな俺の努力を無効にするように、舞由は甘く誘惑してくる。

「あんっ、んんぅ？　別に着けずに入れちゃったら同じだってば……はあぁっ、はんんぅ……だからこのままちょうだいっ♥」

「くっ⁉　そ、それはさすがにまずいんじゃ……」

「あんんぅ……私がいいって言ってるんだからいいの……絶対抜かないから……このまま出させちゃうんだからぁっ♥」

「ぬあっ⁉」

絶対に中出しさせようと、ピッタリと俺の股間とお尻を密着させるようにして、腰を動かしてくる。

「はっ、はあっ♥ ああっ、身体が浮き上がっちゃう感じぃ……んんっ♥ もう頭の中っ、真っ白にぃ……あっ、あぁぁっ♥」

最後の仕上げとばかりに、大盤振る舞いで胸を揺らし、膣口を締めつけて扱いてくる。

こうなるともう、下にいる俺は無力だ。

「出してっ、出してっ、私で出してぇっ♥ んんぅっ♥ 裕樹のっ、ほいしいいぃっ♥」

「うがっ⁉ で、出るっ！」

ドックンッ！ ドクドクドクッ！ ドクプッ、ドビュクククッ！

「きゃはあぁぁっ♥ あっ、熱いぃ……んはあぁぁっ♥」

抵抗虚しく、舞由の中に思いっきり射精する。

ついに……出してしまった。こんなに若くて可愛い女の子の子宮に、たっぷりと。

「ああっ、イっきゅううううぅぅぅぅぅっ♥」

それを受けて舞由も達したらしい。ものすごく締めつけて搾り取ってくる。

「んくっ、んはあぁ……はあっ、はあぁ……一緒にっ、イッちゃったぁ……♥ んふふっ♪ んぅ、あぁ……このドックンドックンする感じ……これが射精なんだぁ……♥」

まるで感じ入るように、舞由は天を仰ぎながら細かく震えていた。

その表情に、後悔の様子は微塵も感じられない。

「はぁ……まったく困ったやつだな……」

俺としてはもう少し計画を立ててと思っていたが……でもまぁ、責任を取ることになったらそれはそれでしっかり舞由を守る覚悟はある。

それくらいに、今の俺は本気だった
「んんぅ……でも中で出されるの、すっごく気持ちよかったよ。裕樹はどうだった？」

「当然、気持ちいいいさ。しかも好きな女の子に襲われる経験なんて、なかなかできないからな」

「襲われるって……でもまぁ間違ってない気はするけど……じゃあこれからもいっぱい襲っちゃってもいい？　私のことが好きなんだから、別にいいでしょう？」

「その言い方はなんだか問題あるような発言だが……でもいいよ。望むところだ。遠慮なくしちゃってくれ」

「あ、言ったね？　ちゃんと聞いたから。遠慮はいらないって言ったのは、裕樹なんだからっ♥」

ぎゅっ！

こうして、これまで以上にいちゃいちゃしてくる舞由と甘い日々を送っていくのだった。

第三章　危険なデート

朝、目覚めると、すぐ側に舞由がいる。

そんな生活がすっかり当たり前になった。

「裕樹っ♥」

「ん……はいはい……」

意味もなく密着してくる舞由を撫でると、まるで猫のように目を細めて喜ぶ。

こんなふうに、最初のころとは比べものにならないくらい、いちゃいちゃの同棲生活を過ごしている。

舞由も遠慮することなく、部屋でだらだらと過ごす以外にも、積極的に出かけるようになった。

「ねえ？　前は私のお買い物に付き合ってくれたでしょう？　だから今日は裕樹の洋服を買いに行こうよ」

「うーん……でも、まだ着られると思うんだけどな……」

「一緒に街を歩くんだったら、ちょっとかっこいいほうが良いじゃない？」

「まあ、確かに……」

普段はほとんどスーツ姿だったし、私服も色と丈夫さ優先でデザインは二の次だったので、同じようなものばかりだ。バリエーションも少ない。

それに、もしかしたら……。

「……………え？　俺のセンス、ダサイ？」

「一緒に街を歩くんだったら、ちょっとかっこいいほうが良いじゃない？」

ニッコリと笑いながら、同じことを二度言ってくる。

それが舞由の優しさなのだろう。

彼女のような美少女と一緒にいるのだ。釣り合いが取れないからと諦めずに、できるだけ気遣うべきだろう。

「よしっ、行こう！」

「うんっ♪」

俺のためと言うよりも、一緒に歩く舞由のために、重い腰を上げてふたりで買い物にいくことにした。

休日になると、やはり街には人が多く出ている。

それぞれに目的を持ち、様々なところへ行こうとしているのだろう。

しかし、そんな目的とは関係なく、たまに足を止めて俺たちをチラっと見る人たちも中にはいた。

それは俺のようなおっさんと美少女が、一緒に歩いているのが珍しいからではない。

たぶんだが、舞由の容姿に目を奪われているからだと思う。

その証拠に、見てくる連中はほぼ男で、俺とは一切目を合わせないからだ。

でも、もうそんな視線にもすっかり慣れた。

むしろ、こんな美少女と一緒に歩いているところを見られることで、ちょっとした優越感を得られるので気持ちいい。

ただ、ナンパとかには注意したい。

ちょっとでも舞由をひとりにすると、すぐに男が話しかけてくるからだ。

まあ大抵の場合は、舞由のお断りのセリフで泣きながら帰っていくから問題ないわけだけど、やはり男としてはそういう輩からしっかりと守ってあげたいと思う。

「それで、裕樹はどういうタイプの服装がいい？」

「……世紀末でも負けないような、見るからに近寄りがたい服装とかどうだ？」

「……もう一度あのセリフを言わせたいの？」

「い、いや、ただの冗談だって……」

張りついたような笑顔の奥に見えた、鋭い眼差しに背筋が凍る。

護身術ができるらしいし、そういう意味でなら、舞由ひとりのほうが安全かもしれないな……。

「そんなわけで、私が独断で選んであげるね♥　じゃあ、まずはこの店に入ろっ♪」

「ああ……お手柔らかにな」

それからは舞由に言われるがままに、店で色々な服を試着して回ることになった。

いつもなら自分の服なんて適当に選ぶから、一時間程度で買い物は終わる。

だけど舞由に連れられて、ああでもないこうでもないと選んでもらっていると、あっという間に午前が過ぎ去った。

こんなふうに服選びに何時間もかけるだなんて、考えられなかったな……。

また新たな発見をしつつも、やはり一番楽しいのは、舞由が楽しそうに買い物をする姿を見ることだった。

「ほら、早く来て」

何件目かの店で物色していると、舞由が試着室のほうから手招きをして呼んでくる。

「なんで舞由のほうが先に入ってるんだよ」

「いいから、早く早くっ♪」

俺よりもかなりテンションが上っている彼女に苦笑いしつつも、促されるまま試着室に入った。舞由に促されるまま服を脱いでいくが、気が付くと下着だけになってしまっている。試着でここまで脱ぐ必要は……。

「舞由？ 今度はどんな服——」

「ちゅっ♥」

不意をつくように、舞由がいきなりキスをしてきた。

「な、なんだっ!? どうしたんだ、急に……」

「んふふ……シよっ♥」

「し、しよっ？」

「うんっ♥」

一瞬、言葉の意味が理解できずに思考が停止した。

しかし、舞由の明らかに高ぶっているような息遣いと、まるでハートマークが浮かんでいるような色っぽく濡れる瞳を見て、ようやく気がついた。

「え？ なんで？」

「そういう気分になったから？」

唇に指を当て、小首を傾げる。

自分でもわかっていないのだろうか。だとしても、こんなところでするなんて……。

「試着室でふたりきりになって、裕樹に何度も着替えさせていたでしょう？」

「あ、ああ、そうだな」

「近くで匂い嗅いで、体に触って……そのせいで、なんだかエッチな気分になっちゃったのかも……」

「だ、だったら……どこかに――」

「隠れて、ここで少しだけなら……大丈夫だよ？」

「いや、でも……」

「こんなところで、そういうことするなんて……すごく興奮ない？　しちゃうよね？」

まるでイタズラでもする子供のように無邪気な笑顔を向けてくる。

あ、可愛い…………じゃないっ！

「いやいやいや。さすがにここで興奮とかはないだろう？」

「えーそう？　私は結構ドキドキしちゃうし、アソコも熱くなっちゃってるよ？」

そう言って、ちらっと下のほうに視線をずらす。その仕草だけで、服の上からなのに、舞由の股間がどうなっているのか、思いっきり想像してしまった。

「んんっ……自分で言ってたら、もっとエッチな気分になっちゃった♥」

「お、お前……これは気分だけじゃなくて性格的にエッチになったんじゃ……いや、というよりも、ヘンタイに磨きがかかっているんじゃないか？」

「うーん……そこまでかなぁ？」

そう言いつつ、なにか見せてきた。それは……舞由のショーツだ。つまり……。

「おいおい！　ただでさえ、ふたりで試着室に入っている時点で、見つかったらとんでもなくまずい気がするぞ」

「大丈夫。彼氏のために彼女がコーディネートしてあげるのは普通でしょ？」

「え？　あ、そ、そうなのか……」

「だから見つかっても大丈夫だってば♪」

そんなことを言いながら胸まで露出させて、しっかりと密着してくる。ノーパンだと意識すると、余計に興奮させられた。そんな行動にドキッとしたが、それ以前に『彼氏』という単語で心を撃ち抜かれたことは内緒にしておこう。

「ねえ？　シようよっ♥」

ここでも積極的な舞由は、柔らかい身体と良い匂いで俺を誘惑し続ける。

そんなことをされると、心が揺れないわけがない。

でも俺はごく普通の社会人であり、一応、世間体というものが刷り込まれている。

「し、しかしな……カーテン一枚隔てたら外だぞ？　人もいるぞ？」

簡単にはその誘惑に屈しない。

だがその足元はもう、崖の淵ギリギリで留まっているようなものだった。

「あのねぇ……それがドキドキしちゃうんじゃない。大体、普通のカップルならこれくらいのことしてるってば」

「そ、そういうものか？　若さってやつは……い、いや、でもやっぱりまずいって……」

「えー？　でも私、もう止められないしー……ここでしてくれないと、変なところで発情しちゃって、もっと大変なことしちゃうかもよ～？」

「そんな……犬猫じゃないんだから、自重しろって……」

「にゃーん♪」

クスクス笑って、俺の揺れ動く小心を見て楽しんでいるようだ。

俺が躊躇しているうちに、ついに下着も脱がされてしまった。

もちろん本音ではしてみたいという気持ちもある。だがここはやはり、大人としての対応をしないと……いや、でもこんな状況のチャンスは二度とないかもしれないし……。

「……裕樹、難しい顔しすぎ。もうっ、真面目なんだから……じゃあ最後まではしないから。これでしてあげるっ♥」

「は？　何を……ちょっ、ちょっ、おまっ⁉」

煮え切らない俺にしびれを切らしたのか、舞由が慣れた手つきでズボンから肉棒を取り出した。

「ほら、裕樹のおちんちん、私の太腿と手で捕まえちゃった♪」

「舞由、う、あぁ……」

彼女は俺にぐっと身体を寄せて、その魅惑的な太ももで挟んだ肉棒を刺激してくる。

「あれ〜？　もう先からおつゆたらしてる？　ふふ……結構期待してたんだ？」

そして同時に、亀頭部分を指で愛撫してきた。

「こんなところで……ダメだって……くぅ……」

「あはっ♪　こんなにおちんちんガチガチにしながら言っても、説得力ないよ？」

そう言っていたずらっぽい笑みを浮かべる。

「それに、いけないことだからこそ、すっごいドキドキするんでしょ？　ほら……私もドキドキしてるのわかる？」

上気した顔の舞由は俺の手を取り、自らの胸に押し当てる。

「お、おお……」

その胸からの鼓動は確かに速くなっていて、密着している肌から、体温も一気に上昇したのが伝わってきた。

「……舞由、気付いてるか？　それは本来、ヘンタイの言うセリフだぞ」

「そうかな？　じゃあ、裕樹もヘンタイだね。そのヘンタイのご奉仕でこんなに勃起しちゃうんだがら♪」

「うっ……まったくその通りだな……」

いくらきれいごとを並べようとも、身体は正直だった。

「じゃあ同じヘンタイ同士で楽しんじゃえばいいじゃん♪」

「そういうわけには……おおうっ⁉」

柔肌で挟みながら、手のひらでギュッと握ってきたので、思わず変な声が出てしまった。

そして運悪くちょうど、近くを店員さんが通りかかったらしい。

「お客様？　大丈夫でしょうか？」

ギックゥゥーーッ⁉

一瞬、ふたりで目を見合わせて固まってしまった。

しかし機転の効く舞由が、すぐに返事をする。

「……はい、大丈夫です。ちょっと彼の首元を強く締めつけ過ぎちゃって。ね？」

「あ、ああ……そ、そうです。だから大丈夫なので……」

「そうでしたか。それでは何かありましたら、お声がけください」

固唾を呑んで外の様子に耳を傾けると、足音が遠ざかっていった。

カップルがいちゃつくことは、よくあるのだろう。もちろん、ここまでしてるとは思わないだろうが。

「……はぁ～～……ダメじゃん、声を出しちゃ」

「くっ……舞由が締めるからだろう？　お前だってこうされると……」

「きゅうぅんっ⁉」

お返しに胸を揉むと、口で手を塞ぎながらも、いい反応を返してきた。

「な？　出ちゃうだろう？」

「むうぅ……今のは卑怯な気がする。でも、もう声を出さない自信があるし」

「ほほう……その言葉、忘れるなよ」

「んんぅっ⁉　んくっ、ふぁっ……んんぅ～～っ♥」

敏感な乳首と胸を愛撫すると、舞由は声を押し殺して反応した。

「んんっ、あはっ♪　乗ってきたじゃん……いいよ。私も、もっと気持ちよくさせちゃうんだからっ♥」

「ぬぅんっ⁉　ぐぬぬ……」

身体全体を密着させ、肉棒を挟む太腿で竿を擦り上げてくる。

「んっ、はあぁ……おちんちんのビクビクする感じがよく分かるね。あんぅ……硬くてたくましいのが擦れると、こっちまで熱くなってきちゃう……んんぅ……」

「あうっ……練習でもしてるのか？　なんでそんなうまいんだ……ぐっ……」

「えへへ……ちょーっと友達に教えてもらっただけだよ。んぅ……どう？　気持ちいいんでしょう？　いっぱいイかせてあげるからね～♪」

さらに手の扱きを加速させ、早く射精させようと責め立ててくる。

「んんぅっ⁉ あうっ、裕樹……あんんぅ……」

こちらも対抗して胸だけでなく、お尻を鷲掴みにして揉みまくった。

「くっ、んくぅ……はあっ、んんぅ……」

しかし簡単には声を出さず、今度はぐっと耐え忍ぶ。

むしろそのほうがなんだかエロくて、余計に俺のほうが興奮してしまった。

「はあっ、はんんぅ……ヤバぁ……これ気持ちいいぃ……♥ んっ、んんぅ……」

「うっ……悔しいが、俺もだ」

いつもとは違う異質な環境で、人目から隠れながらのエッチ。

しかも見つかったら即アウトの、スリリングな状況だ。

それでもこんなに興奮してしまうのは、やはり舞由というエッチな彼女がいてくれるからだろう。

そもそも俺だけじゃ、こんなことを思いつかない。

こういう大胆なところは見た目通りのギャル……と言ったら怒られてしまうだろうな。

「んくっ、はあぁ……やうっ⁉ 今、またビクンって大きく跳ねちゃったね。これってもう近いんじゃない？ んふふ♪」

「ぐぬぬぬ……」

そんなこんなでなんとか耐えていたが、巧みなテクニックと強すぎる刺激で、限界がすぐに来てしまった。

「あんっ、んぅ……やだ、こっちも変に気持ちが良くなってきちゃた……んんぅ……おちんちん触ってるだけでもこんなになっちゃうとか、本当に私、ヘンタイになっちゃったのかも……んあっ、あんっ……」

「ば、ばかっ、声を出すなよ。うっ……そう言っている、俺のほうがもう出そうなんだけどな……」

「あっ、やっぱり♥　ふふっ、いいよー。いっぱい出しちゃいなよ♥」

「くっ、限界……なぁ？　舞由、一つ聞いていいか？」

「うん？　なあに？」

「出すとき……どうするつもりだったんだ？」

「あー………ごめん、どうしよう？」

「ば、ばっきゃろーっ……あうっ⁉」

ドピュ……。

「きゃうっ⁉」

何も考えていなかった俺も悪いが、ガマンできずにその太ももで漏らし始めてしまった。

「あうっ⁉　ま、待ってて！　ハンカチで受け止めるから、あと十秒止めてっ！」

「無理だ……くっ！」

ドピュピュッ！　ビュルルルッ！

全力であらがったが、出るものは出てしまう。途中でなんて不可能だ。

結局、舞由の取り出したハンカチをあてがってもらい、残りの精液を吐き出した。

「うわ～～……もうっ。待ってって言ったのに……。ほとんどは手とハンカチで受け止められたけど、少しかかっちゃったじゃない」

「それは舞由が容赦なく扱きまくるから……というか、この服にもかかってるんだが……」

「あっ……」

試着用に持ってきていた洋服。床にあったそれにも、俺のマーキングが残っていた。

そしてその事実を知った瞬間、すごく良いタイミングで外から声がかかった。

「お客様？　着心地はいかがでしょうか？」

「「………買います」」

自然とふたりの声はハモっていた。


休日は外へ遊びに出かけたりするが、平日はそうもいかない。

朝、仕事に行く前のわずかな時間。そして帰宅後の寝るまでが、俺と彼女が一緒に過ごせる時間だ。

俺たちは時間を惜しむように、そして離れていた空白を埋めるように、濃密な日々を過ごすようになっていた。

食事と風呂を済ませてしまえば、後は自由。そうなれば、することは一つだ。

「んっ……ちゅっ♥」

柔らかな唇と、ほんのりと甘い唾液。舌を絡ませると頭の芯がしびれ、心地良く幸福感に満たされていく。

「んんっ……ちゅっ、今日もまた、一緒にいっぱいしちゃう？」

「どうしようか……。舞由はどうしたい？」

「聞かなくてもわかるでしょっ♥　ちゅむっ、んんぅ……♪」

仕事以外の時間は基本的に、舞由と愛し合うための時間を過ごしている。

たまにエッチなイタズラや、スリリングな経験をすることはあるが、それもイイ。

彼女が家に来てから、本当に幸せを感じることが多くなった気がする。

それに最近の俺は、仕事でもかなり良い働きをしていると思う。

今まで以上の結果を出せる理由をあげるのならば、やはり舞由の存在だろう。

彼女が家で待っていると思うから、できるだけ定時で帰れるように仕事をがんばれる。彼女と一緒に過ごしたいと思うから、休日をしっかり取るために、全ての仕事を終わらせている。

早く、けれどもやり直しで時間を取られないように。細心の注意を払っているから、結果として仕事の質も上がり、成果を出すことができていた。

彼女のおかげで、俺はここまで努力ができるんだ。

けれど――。

この幸せがいつまで続くのだろう？　と不安に駆られることがある。

舞由は事情があるとはいえ、元々は家出少女だ。

理由については今も聞いていないが、その原因がなくなれば、彼女は家族と共に暮らすべきなのだろう。

もしかしたら舞由自身もそれをわかっていて、いつか帰りたいと思う日が来るかもしれない。

いや、彼女がそう思わなくとも、連れ戻される可能性はいつも存在している。

その日はいつになるのか？　彼女は、いつまでここに……俺のそばにいてくれるのだろうか？

失いたくない。それが、自分勝手な気持ちだとわかっているが、それでも抑えきれずに彼女を求めてしまう。

「ちゅっ、あっ♥　おちんちんが元気になっちゃってる♥」

「おふっ⁉　い、いつの間にっ⁉」

すでにズボンから出ている肉棒を握っている。

思いにふけっている俺に関係なく、舞由はエッチモードになっていたようだ。

「ん？　どうしたの？　なんだか元気のない顔してるよ？」

「え？　そ、そうか？」

普段からなんとなく勘の良い子だ。

もしかしたら、俺の心配事にも気づいているのかもしれな——。

「そうだよ……。というわけで、ちゃんと元気が出るようなことをしてあげるっ♥　あ～～んむっ♥」

「くおっ⁉」

どうやら、そんなことはなかったらしい。

少なくとも、今のところは俺の前からいなくなるようなそぶりは見せていない。

「あんむっ、ちゅっ……んちゅむっ♥」

ねっとりと舌を絡ませてくるフェラチオが、俺の心配を溶かしていく。

「うっ……おお、元気出てきたっ！」

「んぷむっ⁉　んやぁぁんっ♥　すぐにアソコに指入れちゃ……ああんっ♥」

いつかは終わってしまうかもしれない今の幸せな日々を、大切にしていこう。

「ああ……スケベな舞由は最高だな」

「ちゅぱっ、ちゅむぅ……んはぁぁっ♥」

そんなことを思いつつ、これまで通りイチャイチャと過ごしていくのだった。


最近の私は、とんでもなく大胆な気がする。

大胆というより……はしたない？　いやらしい？　とにかく、スケベになりすぎてる。

「うぅ……。あ、あれは、ないよね……」

いつものひとり日向ぼっこで、思い返していたのは試着室での素股エッチのことだった。

思い返せば、自分でも驚くほど大胆なことをしたと思う。

なんで布一枚だけで隔てられた場所で、あんなことをしようとしたのか？　そもそも、最初は素股じゃなくて、本当にセックスしようとしていたなんて……。

「やだ、もうぅ……エッチすぎる〜〜」

改めてそのときのことを思い出すと、顔が熱くなってくる。

「しかも、『にゃーん』とか、なにあれ？　可愛いと思っているのっ？　え？　バカなの？

あ〜〜っ！　ちょーハズいんですけどーーっ！」

とんでもなく照れすぎて、部屋でひとりバタバタする。

そんな私をどこから来たのか、ハトが窓の外からじっと見ていた。

「あうっ……んんっ！　ま、まあ色々あったけど、そんなに変……じゃなかったよね？」

知るはずのないハトに話しかけると、小首をかしげてどこかへ飛んで逃げてしまった。

「うぅぅ……何してるんだろう、私……」

やっぱり最近、おかしくなっているような気がする。

こんなにエッチになったら、裕樹もちょっと嫌がるかもしれない。

「………嫌がってたかな？」

よくよく考えてみれば、最後は一緒になって楽しんでいたし、思いっきり興奮してくれていた。

だから別にダメなわけじゃないと思う。

それに、私とふたりで外へ出かけることは好きだと言ってくれているし、ちょっとエッチなイタズラも、最近は裕樹のほうから仕掛けてくることが多い。

『だからっ！　大好きだって言ってるだろう』

「っ!?　～～～～っ！」

あの言葉を思い出すだけで、言葉にならない気持ちが溢れて、また顔が熱くなる。

初めて男の人に、あんな真剣に告白された。

その言葉に嘘はなく、私のことを本気で好きでいてくれるのが、様々な行動からも伝わってくる。

自分のすること全てに、いちいち口を挟んでくるあの人たちとは違う。

私が考えて、私が決めたことを尊重してくれる。

そんな裕樹を私は……。

「はあ、どうしよう……またエッチなこと考えてきちゃった……」

もう私にはあの人しかいない。

そう思うようになっていた。

そして、普通じゃないエッチにも興味が出てきたことに気が付き始めていた。

もちろん、試着室でしたようなことは普通じゃないってことは、ちゃんとわかってはいる。

でも、裕樹は付き合ってくれたし、嫌がっていなかった。

普通じゃないことをしても、私のこと嫌いにならないで付き合ってくれるんじゃないかな？

そんな思いが、私の彼への気持ちと一緒にごちゃまぜになる。

「あっ、んんぅ……」

切なくて熱いアソコをパンツの上から軽くなぞると、全身に気持ち良い電気が流れる。

オナニーなんて、普段は全然しないのに……。

「んんぅ……やっぱり、こんなになっちゃったのは裕樹のせいだよね……あんぅ……」

でも、自分の気持ちをきちんと、はっきりさせていない私も悪い。

はっきり伝えられていない。だからそのストレスで変にエッチなアピールが強くなっちゃってるんだ。

……そう、思うことにした。

だから、その裕樹への自分の気持ちを確かめる意味でも、そして、彼がこんな私でも本当に好きでいてくれるかを確かめる意味でも、もう一度、私のほうから誘ってみたい。

もちろん、普通じゃない方法で……。

「……でも、どうしよう……さすがに昼間から外でっていうのは、リスクありすぎるよね……」

それに私も、ちょっとそこまでの勇気はまだ持っていない。

だったら、夜の公園なんかはどうだろう？

たまにふたりで散歩に行く近くの自然公園なら、昼間はジョギングや散歩などでそれなりに人がいるけれど、夜は外灯があまりないので近づく人は少ないし、かなり真っ暗になるはず。

それに林も多いので、木が目隠しになってくれて、良い感じになると思う。

「うん……そうだよね。それがいいかも」

さっそく、帰ってきたら、誘ってみよう。

「あっ、はんぅ……ふふっ、やだ……想像したら、はかどっちゃう……♥ はあっ、あんぅ……」

そんなことを考えながら、軽くオナニーをし続けた。


「で？ 夜の散歩に来たわけだけど……わざわざなんでこんな暗い場所を選ぶんだ？」

今日は帰宅すると、すぐに散歩に行こうと誘われた。

明日は休み。

だから久しぶりに、夜のデートでもしたいのかと、街へ出て軽く外食を楽しんだ。

しかし、なぜか舞由はずっとソワソワしているようで、なんだか落ち着きがなかった。

もしかしたら、なにか相談があるんじゃないだろうか？

一瞬、実家に帰ってしまうんじゃないかという嫌な想像が頭をよぎったが、今まで通り、舞由が話したくなるまで待とうと思った。

そうして食事も済ませ、軽く遊んでから帰宅することになった。

『――寄りたいところがあるんだけど……』

そう言われ、誘われるがままにいつもの自然公園へと来ていた。

もう時間はだいぶ遅い。

ここは外灯もあまりないので、ちょっと林の中に入ると、真っ暗になってしまう。

そんな所に寄りたいという理由はいくつか思いつくが、そのどれだろうか。

「……よしっ、バッチリ♪」

周りを見渡した舞由は、なぜか嬉しそうにガッツポーズを取る。

「え？　なにがバッチリなんだ？」

「うん？　えっっと……想像していた通りだなーって」

「想像って……何を企んでいるんだ？　ちゃんと説明してくれ」

さすがに焦らされ過ぎなので、舞由の手を取って引き寄せる。

「あ……別に企むってほどじゃないけど………ただ、ちょっとだけ、ここでシてみないかなーって」

引き寄せた舞由はぴったりと寄り添い、上目遣いで俺を見つめる。

「したいって……もしかしなくてもエッチなことを？」

驚きながら尋ねると、舞由はこくりと頷いた。

目許は赤く染まり、恥ずかしげに目を伏せている。

「だ、だって、外でしてみたかったんだもんっ。あの試着室の感じが忘れられなくて……」

裕樹も興味あるでしょう？」

「ま、まあ……なくもないが……」

そういうアブノーマルなことを、さも当然のように言われると、ちょっとうろたえてしまう。

でも舞由は迷うことなく、目を輝かせて笑顔を浮かべた。

「でしょっ？　やっぱり、そうだと思ったのっ♪　裕樹もきっとしたいだろうな～って思って、だからここに来たの」

「それ……俺のせいにしてるけど、実際はシたくてたまらないのは舞由だよな？」

「うぐっ⁉」

図星をつかれたのか、言葉に詰まる。

こんなことはなかなか珍しい。

「まあ、ここに来たときに、なんとなくは気づいてたけどな」

「えー？　じゃあそう言ってよ。私だけ変に緊張しちゃってたじゃんっ！」

実はこの自然公園は、地元だとそこそこに有名なカップルのデートスポットでもある。

だからこの時間に近づく人は、大抵がそっちの目的か、もしくは出歯亀が目的な人くらいだった。

「しかし、まさか青姦までしようとは……よっぽど勇気があるな、舞由は」

「ううぅ……変だってわかってるけど……こういう女の子は嫌い？」

「いいや。そんなことはないさ」

ぎゅっ！

「あんっ……」

少し不安な顔を見せた舞由を、ギュッと抱きしめる。

「確かに試着室でやったのは、今までにないくらい興奮して気持ちがよかったもんな。だから、その先も試したくなる気持ちはわかるぞ」

「んっ……そうだよね。ふふっ、さすが裕樹だよね♪」

いつもの調子が出てきたのか、きちんと舞由のほうからも抱きしめてくる。

たぶん、自分では気付いていないんだろう。

野外というか、やや露出に近いプレイに、かなり興奮していることを。

そして、俺にも多分それを求めている。

今日の散歩は多分、舞由の望みを試したかったんじゃないだろうか。

もちろん、俺も嫌いではないので、そのまま外でのセックスをする気は満々だった。

「それにしても、なんてことだ……いったい、誰がこんな美少女をヘンタイにしてしまったんだか……」

「あのねぇ……私のエッチな扉を開いたのは裕樹でしょ？　責任取ってよね♥」

ニッコリと可愛い笑顔を浮かべる舞由は、俺に身体を預けてくる。

「……まさか、こういう形で責任を取ることになるとは思わなかったな……」

「……嫌？　こういうの……」

「そんなわけないだろ。むしろそれも含めて、ますます大好きになっちゃったよっ」

「あっ♥　ん～～ちゅっ♥」

また強く抱きしめると、嬉しそうに唇を差し出してきた。

「あんんぅ……ちゅむっ……」

虫の声がする、わりとうるさい森の中で、俺たちのキスの音はかき消されていく。

これなら、音だけなら見つからないかもしれない。

でも、そうわかっていてもやはり、スリルは十分にあった。

「んっ……外でこんなエッチなキスをしちゃうのって、すごくドキドキしちゃう♪　んんんぅ……」

「ははっ。じゃあもっとドキドキしてもらわないとな」

「んんぁぁんっ⁉　やんっ、んんんぅ……エッチ♥」

ボリュームのある素晴らしい胸と引き締まったプリプリのお尻。

「はあぁ……ああっ♥　同時になんて、欲張り……あんっ♥」

両方の柔らかい膨らみを撫でて、揉んで、弄り回す。

「んあっ、はんんぅ……こんなにいっぱいエッチな触り方して、裕樹もやる気いっぱいだね……あっ、んんぅ……こっちも元気になっちゃってるし♥」

舞由のほうも当然とばかりに俺のズボンから肉棒を取り出した。

「うっ……さすが舞由……よくわかってらしゃる」

「んんっ、んぅ……血管がすごく浮き出て、ガチガチじゃない♥」

その細い指を絡ませて優しく撫でてくる。

「あんんぅ……こんな勃起したおちんちんを、外で出しちゃって恥ずかしくない？　あんっ、はんんぅ……むしろ見ているこっちのほうが、恥ずかしくなっちゃうかも……んぁんっ……」

「いや、今の舞由の乱れっぷりも相当にエロいからな？」

「やぁんっ♥　はうっ、んんぅ……」

お互いに相手の身体を弄り、初めての外でのイチャイチャ愛撫。

今回は周りにカーテンもなく、視線を遮るものは細い木ぐらいしかない。

誰かに見られたらと思うと、ヒヤヒヤする。

だがそんな俺の様子も、舞由は楽しんでいるようだ。

「おおう……本当に、誰にも見せたくなくなるくらい卑猥だな」

「あはっ♥　もしかしてちょっと妬いてくれてるの？　誰も見てないのに」

「見られてるかもしれないだろう？　まあそのときは俺が隠すけどな」

「んふふ……ありがとっ……ああっ♥」

外ですると気持ちいいが、舞由の痴態を見られるのはなんとなく困る。

そんな相反する気持ちが、妙にまた興奮を誘う。

「はあぁ……裕樹に大切にされてると思うと胸が熱くなるけどっ……んあぅ……外でしちゃってるドキドキもすごくいいの……ふあっ、あぁぁ……これがヘンタイっぽい悩みなのかな？」

「さあ？　どうだろう……だが、この背徳感でゾクゾクするのはわかるけどな」

「んんんぅ……あんっ♥　はあぁ……いっぱい濡れちゃうぅ……んんぅっ♥」

俺の指先は自然ともう彼女の秘部を弄りまくり、割れ目からは濃厚な愛液が溢れてくる。

「はあっ、はうぅぅんっ！　ああっ、どうしよう……この気持ちいい感じ、止まらないぃ……ああんっ♥」

舞由の乱れる服装に興奮し、さらに直接触れて愛撫する。

「あっ、あうっ、ダメぇ……んんぅっ！　裕樹っ、私とんじゃううぅ……あああぁぁっ♥」

「え？　おっと……」

ビクビクと身体を震わせたと思ったら、舞由の腰が急に落ちたので、慌てて支える。

あっけなく舞由は達したらしい。

「はあっ、はあっ、んんぅ……外なのに、こんな簡単にイっちゃったっ♥」

「ははっ。それくらい変態的な気質があったのかもな。まあ、俺も擦られてすっかり準備できてるんだけど」

「んんっ……あっ、裕樹……」

抱きかかえると、火照った舞由の体温が伝わってくる。

夜の林は少し冷える。

だがその寒さも、俺たちの興奮を程よく冷やすようで心地良い。

「さて……俺のほうは最後までいけるけど、舞由はどうだ？」

「んっ……もちろん、このままじゃ終われないでしょ」

絶頂で腰が抜けそうになっていたが、少し落ち着いたのか今はきちんと立っている。

「大丈夫、もう平気だから……んんぅ……おまんこがうずいちゃって、熱い……もう弄られるだけじゃ満足できないの……早くシてシてっ♥」

期待に目を輝かせて発情する舞由は、俺に抱きつきながら股間をいやらしく擦り寄せてくる。

こんなおねだりをされて、俺も我慢ができない。

「じゃあ、そこの木に手をかけて」

「え？　あっ……バックから？　そっか……その体勢なら汚れないし、すっごく良さそうっ♥」

よっぽど待ちきれないのか、なんのためらいもなく、舞由はお尻を俺へ突き出してくる。

美少女が股間を丸出しにして素肌を晒す深夜の林。

白い肌に月明かりが反射してとても妖艶だ。

「おお……舞由はどこで見ても綺麗だな」

「ふふ……ありがとっ、ほら早くぅ～～っ♥」

なんだか幻想的でもあり魅惑的でもある、不思議なエロ体験。

「ふぁあぁ……あぁぁんっ！　んくっ、広がるぅ……んんぅっ♥」

そんな中で俺は彼女の中に一気に肉棒をねじ込んだ。

「きゃふっ⁉　くううぅぅんっ♥　いきなり……んっ、すごく奥まで、入ってきちゃったぁっ♥」

すでに愛液でぬめっていた膣は、俺のものを根本まで受け入れ、ぎゅっと収縮する。

「そんなに締めつけられると……くっ！」

「んんっ、んはあぁっ♥　だっておちんちんが欲しくて、たまらなかったんだもん……」

ペニスをより深く、奥へと導くように膣道がうねる。粘膜同士の擦れ合う刺激は、そのまま快感へと変換されていく。

「はあ、はあ……んっ、裕樹の……入ってきただけで、軽くイっちゃったっ♥」

「うっわ……それ、とんでもなくエロすぎだからなっ」

「ふあぁぁんんっ⁉　んはっ、あっ♥　裕樹のおちんちんっ、動くぅっ！　ああっ、はああぁっ♥」

エロかわい過ぎる舞由の発言に気持ちを抑えきれず、腰を思いっきり突き出した。

「んっ、んくっ、ふあぁあぁっ♥　最初から激しいのっ、良すぎるぅっ♥」

襞がねっとりと竿に絡みつくように擦れ、とんでもない快感を俺に与えてくる。

「んぁ、ああっ、だめぇっ♥　これ、すごいのぉっ♥」

木に手をついて体を支えていた舞由は、さらに深く繋がろうとぐっとお尻をこちらへと突き出してくる。

ほぐれ始めていた膣が、肉竿をさらに深く咥えこむ。

「んはっ、あっ、ああっ！　外でこんなに声出して……ん、あぁっ！　こんなに乱れちゃうなんてぇ……はあっ、あぁぁんっ！」

「も、もう少し声を抑えろよ……まったく。外でしていつも以上に感じるなんて、舞由は本当にドスケベだな」

「あ、んぁぁっ♥　裕樹だって、感じてるくせにぃ♥　んんっ、んんぅっ！　おちんぽっ、こんなに硬くしてぇ、ゴリゴリ擦ってくるんだからぁっ♥　んぁ、ああっ♥」

暗くて人がいないとはいえ、まったく誰も通らないとは限らない。

そんなスリルが、俺たちをさらに昂ぶらせていくのだった。

「はうっ、くんぅっ！　この姿勢だと深く入ってくるぅ……んはあぁっ⁉」

「ん？　どうかしたか？　というか……すごく熱いな、舞由の中……」

「ああんっ！　な、なんだろう……なんだか今日はっ、お腹の奥のほうがキュンキュンしちゃってぇ……あぁぁっ！　すごいところまで届いちゃってる感じぃ……んあっ、ふああぁっ⁉」

グチュッ！

「……な、なんだっ⁉」

亀頭の先で、硬く熱いものを押しつぶしたような感覚が伝わってくる。

「ああぁんっ♥　やんっ、そこ行き止まりぃ……んんぅっ！　裕樹のおちんちんの先っ、私の中っ、押しちゃってるぅっ♥」

そう言いながらギチギチに締めつけてくる。

もしかすると、これが噂の子宮口なんだろうか？

「んあっ、はあぁんっ♥　こんなすごいのっ、初めてぇ……キュンキュンが止まらないよぉ……」

「くうぅ……こっちも止められないっ」

「んえっ⁉　きゃううぅんっ！　あっ、あああっ、またいっぱい突いてくるぅっ♥」

背中を大きくそらし、全身を気持ちよさそうに震わせた。

膣口からは愛液がダダ漏れで、地面にまで飛び散っていた。

「はうっ、んんんぅっ！　あんっ♥　あぁぁっ♥」

亀頭が子宮口に当たるたびに入口がきつく締めつけ、膣内が細かく震える。

「ぐうぅっ!?　この行き止まり、熱すぎだな。でもこんなところに届くとは思わなかった……」

「はあっ、あぁぁぁっ♥　私も驚いちゃったっ♥　んっ、んんぅっ！　しかもこんな外で、初めてを経験しちゃうなんて……エッチすぎぃ……んっ、ふあぁぁんっ♥」

「ここ……よっぽど感じるんだな……くっ!?」

腰を打ちつけるたびに、子宮口への当たりが強くなっているみたいだ。

「はあぁんっ♥　んんぅっ！　グングンされると、頭の奥のほうが真っ白になっちゃうぅぅ……あぁぁっ♥　これっ、ヤバすぎぃぃっ♥」

最初のころの彼女は奥をあまり強く刺激すると痛がっていたが、今はもうすっかり感じまくっている。

さらに外でしていることで、色々と麻痺しているのかもしれない。

「んんんぅっ！　またすごいのきちゃううぅっ♥　あっ、あぁぁっ♥」

「おおっ!?　舞由のここっ、ものすごく欲しがっているみたいだ」

亀頭の先にピッタリと子宮口が張りついてくる。

その快感に俺の我慢も限界を超えた。

「ぐっ……で、出るぞっ、舞由っ」

「あぁぁっ!? んんんぅっ♥ うんっ、うんっ♥ いいのっ、いいぃっ! 私も先にイクイクうううぅっ♥」

絶頂で震える舞由が、肉棒を引きとめるように締めつけてきた。

「ああっ!」

ドックンッ! ドビュルルッ、ドピュッ、ドピューーーッ!

「くうぅんっ! あぁっ、射精ッ、きたあああぁぁぁぁんっ♥」

しっかりと子宮口が亀頭に吸いついてきたところで、思いっきり中出しする。

熱い迸りが、彼女の体内を満たしていく。

その刺激が、再び舞由を絶頂へと導いたようだ。

「ああっ!? んあああぁっ! 頭ぁっ、また真っ白になりゅうううぅっ!」

大きく甘い声を出して背をそらすと、そのままカクンと腰が落ちる。

「あっ!?」

「ふえぇぇっ!? きゃうっ」

支えようとしたが、射精の余韻で手をのばすのが一瞬遅れてしまい、舞由はその場にぺたんと座り込んでしまった。

「だ、大丈夫か?」

「はあっ、はうぅ……だ、大丈夫……あんんぅ……で、でも自分じゃ、立てないいかも……あんぅ……」

「え？　おいおい……」

たぶん、本当に腰が抜けてしまったのかもしれない。

こんな状態で他の人に見つかったら、どうなるかわからない。

「それじゃ、おんぶしてやるから、首に手をかけろ」

とりあえず落ち着ける場所まで移動しようと、後ろ向きで彼女に近づく。

「えー？　お姫様抱っこが良いんだけど」

「無茶を言うなよ。ここじゃ、さすがに重すぎ――」

ベチンっ！

軽い冗談のつもりだったが、デリカシーが足りなかったようだ。

「ちょっ⁉　背中を叩くなっ、痛っ⁉　こらこらっ。悪かった、重くない。持ち上げられない俺が非力なだけでした……って、イタっ⁉」

無言で叩く舞由をなんとかなだめ、背負って家へと戻る。

その間、舞由は甘えるようにして、背中に頬を寄せていた。

第四章 大切な関係

毎日の仕事をこなし、やっと迎えた休日。

前は、体力や気力を回復するという理由で、ダラダラと過ごしていたが今は違う。

一緒に過ごせる相手がいる。しかも今週末は久しぶりの連休だ。

せっかくの機会だから、いつも行けないような場所へと、ふたりで出かけるのも良い。

そう言えば、買い物ついでのデートには行ったことがあったが、場所は近所か、せいぜい少し離れた大きめのショッピングモールくらいにしか行けていなかった。

やはり、本当の意味でのちゃんとした『デート』をしたい。

「ということで、そろそろ出発しようか」

「うん♪」

前日から伝えておいた俺の考えたデートコースへ、舞由をエスコートする。

「えへへ。こういうのって、なんかちょっと新鮮な気分だね」

「だな。実はちょっと緊張している」

「えぇっ⁉　そこまで？」

舞由は驚いているが、彼女は知らない。

今まで俺は女性との接点がなかったので、最初から計画を立ててデートをしたなんて経験はない。

色々と考えに考え、やっと決めたデートコースではあるが、上手くこなせるかどうか不安しかなかった。

「もう……そんなに肩に力を入れないで。いつも通りのデートだと思えばいいじゃない」

「ま、まあそうなんだけどな……とにかく、出発だ」

「うん。楽しく行こうね♪」

しっかりと腕に抱きついてきてくれる舞由を連れ、まずは電車へと乗った。

「……い、意外と人が多かったな」

さすがに連休だ。電車の中は予想していた以上に混んでいて、かなり押し合う形になってしまった。

「すまん。この時間なら空いてると思ったんだけどな……」

「でも大丈夫だよ。裕樹が守ってくれるし♪」

「え？　ま、まあ……うん」

もちろん窓側に舞由を置いて、俺が壁となり押されないようにしてはいたが……予想しておくべきだった。

出鼻からしくじってしまったが、これから挽回していこう。

「おっと、次の駅だ。降りよう」

「え？　あ、う、うん……」

駅から出ると、すぐ近くのちょっと噂になっているスイーツの店へと向かう。

ここもやはり混んでいたが、これは予想通りだ。

「実は予約をしておいたんだ」

「へ～。すごいじゃん、裕樹」

「だろう？　ははは、はっ」

待たされることなく、お目当ての虹色パフェなるものを注文してみた。

「うわっ⁉　思っていた以上に色が濃いな……」

「でもカラフルで楽しいよっ♪　ほらほら、赤色は紅生姜だって」

「いや、それってもう罰ゲームなんじゃないか？」

そんな見た目が微妙なパフェを、ふたりで仲良くシェアして食べる。

意外にも味は美味しく、パフェというよりは、どちらかと言うとあんみつに近い気がした。

「あ……でもパフェにしては、けっこう高い気がするけど……」

「ふふん。カップル割り引きが利くからな。実はお得なんだぞ」

「あ、そ、そう……なるほどね……」

「………？」

なぜか、舞由が顔を伏せたが……もしかしてセコい男だと思われただろうか？

「……きゅ、急にカップルとか普通に言っちゃうの……ちょっと卑怯じゃない？」

「え？　あっ……ああ〜〜………やばい、可愛い」

「ちょっ⁉　そういうこと平気で言っちゃう人だった？」

「いや、つい口に出ただけだ。あと、今さらだが、後から恥ずかしくなってくるな……」

「あう……じゃあ言わなければいいのに……」

ふたりで顔を赤くしながら、残りのパフェを食べていく。

それにしても、さすがは最近の有名店。

窓の外には行列ができているが、大半は女性か彼氏連れのカップルだ。

やはりSNS映えしそうなデザートは、女子に人気があるらしい。

「ん〜〜♪　この毒々しい緑の抹茶味が、程よく苦くて美味しいね〜♪」

「……そう言えば、舞由はSNSとかしてないんだな」

スマホは持っているし、今どきの子なら絶対にしていると思ったが、今までに舞由が食事やデザートを撮っている姿は見たことがなかった。

「うーん……あんまり興味ないんだよね。ご飯の写真とかデザートとかは、撮る前に食べちゃいたいし」

「なるほど……」

その代わり、猫や鳥とか、やたらと俺の寝顔やだらしない格好を撮ってるのはよく見るし、見せられる。

正直、俺の写真はいらないと思うのだが、やめる気はないようだ。

「それに私、一応、家出っ子だもん。居場所がバレたら嫌でしょ？」

「家出っ子って……まあ、舞由的には、確かにそうだよな……」

もしかして、家出していなければ、俺なんか以外にもいっぱい写真を撮っていたのかもしれない。

そう思うと、ちょっと不便をかけている今の状況は、あまり良くない気がしてしまった。

「はぁ〜〜。けっこう、美味しかったね。ありがとうっ、裕樹」

でも、この嬉しそうな笑顔を見ていると、やはり今の状況を壊したくないという気持ちのほうが勝ってしまう。

「……美味しかったなら、良かった。それじゃ、次に行ってみよう」

余計なことは考えず、次のデートスポットへと向かうことにした。

「あ……きれいな場所だね」

「そうだな。結構、話題になってるらしいんだ」

仕事の合間を縫い、この近くで開催される催し物などをチェックしていたら、海の見えるデートスポットがあったので、行ってみることにした。

ちょっとした観光地にもなっているようで、日本人だけでなく外国の人も多かった。

「え？　なんであの人形、動いてるの？　ちょーやばいんだけど」

「うーむ……さっぱりわからん……」

人が集まっているからか、大道芸などの催し物や、食べ物などの売店が出ている。

軽食をつまみながら一通り見て回って、ふたりで楽しんだ。

「ん～～。潮風が気持ちいいね。海を見に来るのってすごく久しぶり」

「そうか。実は俺もなんだ」

仕事仕事で、特に何も目的のない日々だった。

旅行とかの趣味がないひとり暮らしの男はたいてい、用事がなければ海になんて来ることはない。

「そうなの？　じゃあ、初めて一緒に海に来た記念に一枚撮ろうよ」

「ああ。いいな」

「じゃあ、こっちに寄って……いくよっ」

人生初の、女の子とふたりだけの写真。

「え……？　あははっ！　なんでこんなガチガチに緊張してるのっ⁉　あははっ♪」

「うっ……し、しかたないだろう。写真は苦手なんだよ」

「え～？　あれだけアへ顔を撮ってあげてるのに？」

「寝顔だろっ⁉　そういうことをこんな公共の場で言うなよ……」

「でも……ちょっとドキッとしたでしょ？」

「……………まあな」

「ふふっ、私もっ♥」

どうやら露出や青姦だけでなく、猥語の類《たぐい》も好きなってきているようだ。

ああ……。

早くどうにかしないと、どんどんダメになっていくような気がする……特に俺が。

「ふふっ。でも、楽しかったね。本当にちゃんとしたデートだったよ」

ふたりで水平線を眺めながら手を繋ぎ、夕焼け色に変わりつつある空や、寄せては返す波の音を聞く。

「俺も人生初のデートがこんなふうにできてよかった」

彼女と一緒に過ごした思い出が、また一つできた。

これからも、こういう思い出をもっと作っていきたいな。

「おっと……もうこんな時間か……そろそろ移動したほうがいいかな」

「え？　もう帰るの？」

「いや。実は今回のデートのメインイベントを用意してるんだ」

「へ～～。どんなの？」

「それは……ちょっとお高めのディナーだ」

「わ～お。大丈夫なの？　別に高くなくてもチェーン店でもいいのに……」

「デートの最後が牛丼とか立ち食い蕎麦ってのはさすがにな。でも大丈夫だ。お財布に優しい、コスパ高めで評判のお店だから」

「ふふ。それなら遠慮なく、奢られましょう♪」

夕日が傾き出した空をバックにもう一枚。

今度はちゃんと(?)した笑顔で写真を撮り、予約した店へと向かった。

「はっ？　予約されてないっ⁉」

だが、店に着くと昨日予約したはずの俺の名前がなかった。

どうやら、予約サイトのボタンを押し忘れたらしい。

残念ながら予約はいっぱいで、空いている席はない。

待つとしても、かなりの時間を待つことになる。

「くっ……しくじった……」

ここ一番というところで、とんでもない失敗をしてしまった。

「そんなに落ち込まないで。誰でも失敗することぐらいあるから。それに、ふたりでいつもの部屋でのんびり食べたほうが楽しいよ、きっと」

「そうかな……ん？」

俺の気分を表したかのように、頬に水滴が当たった。

「きゃっ⁉」

「雨、みたいだな」

ポツポツと振り出した雨は、たちまちその勢いを増していく。

くそぉ……天気予報は何も言っていなかったのに……。

「しかたない、タクシーで帰ろうか。途中でなにか美味しいものでも買って――」

「えー？　タクシー使うのはもったいないよ。あっ！　じゃあ、そのお金であそこに行こっ♪」

「ん？　どこだ？」

舞由が楽しそうに指差した場所は、すぐ近くにある、きらびやかなお城を模した建物だった。


「お、おじゃましま～す……」

「いや、別に中には誰もいないと思うけど……」

そろりと開け、ふたりでぎこちなく入った部屋は、外観とは違って意外と落ち着いた感じの色合いで統一されていた。

「へ～っ！　本当にホテルなんだねー」

「想像していたよりも、ちゃんとしているんだ……な？」

ぐるっと見回してみると、なぜか部屋の中央にガラス張りのバスルームがあった。

これだと、中に入っている姿が丸見えだ。

しかも、ベッドもやたらと広いし、天井には鏡もついている。

「いや、普通のホテルとはやっぱり全然違うんだな」

「でも、ここってラブホでしょ？　だったらラブホとしては、これがちゃんとしているんじゃないの？　よくわからないけど」

「むっ、確かに……これが標準……なのか？」

当然だが、俺も舞由も初めて入ったのだ。いくらふたりで首を傾げても、その疑問の答えを得ることはできない。

「…………悪かった。こんなひどい最後になっちゃって……」

不甲斐ない自分に、言い訳をする気力も出ずに素直に謝った。

初めてとはいえ、ちゃんとリサーチして準備したつもりだったが、結果は散々なものになってしまった。

「ひどいって……全然、そんなことなかったけど？」

「でも、きちんとしたデートをしたかった俺としては、今回の失敗は大変申し訳なく……」

「待って待って。なんか仕事で謝ってるみたいになってるよ？」

「あっ……ああ、そうだな……」

どうやら謝るときも失敗したようだ。

さすがの舞由も、こんなどうしようもない俺を見てがっかりしたことだろう。

「私が、がっかりしたって思ってるでしょう？」

「え？　こ、声に出してたか？」

「それくらい、顔を見ればわかるよ。私が、どれくらい裕樹のことを見ていると思っているの？」

「そ、そうか……」

一瞬、本当に心の中を覗かれたのかと思って、ドキッとした。

「もう、しかたないなー」

苦笑気味にそう言うと、舞由は反省しっぱなしでうつむいていた俺の顔を両手でむにゅっと挟みこんだ。

「ま、まひゅ……？」

「あのね。今日はすっごく楽しかったし、それに嬉しかったよ」

視線をそらさず、まっすぐに俺の顔を見ながらそう言うと、舞由は言葉通りに笑顔を浮かべた。

「デートなんて不慣れなのに、私のためにいっぱい努力して考えてくれたんだよね？」

「う、うん……だけど……」

「『だけど』とかはなし。裕樹が今日のためにどれくらいがんばってくれたか、わかってるから」

気遣いもあるだろう。けれど、舞由が本気でそう思っていてくれるのが伝わってくる。

「……そうか」

「うん、そうだよ。デートも楽しかったけど、裕樹の気持ちが嬉しかったの」

そう言ってもらえるのならば、良かった。

安堵と喜びが入り混じったような気持ちが湧き上がってくる。

「失敗なんて気にしないで。こういうのも思い出になるじゃない。それに、気になるのなら、またデートしよ？　今度はふたりでどうするか考えてさ」

「……うん。それはいいな」

「でしょう？」

舞由はその大きな乳房を強調するかのように、胸を張る。

「舞由は優しいな」

「優しいのは裕樹だよ」

俺たちは顔を見合わせて笑う。

今回がダメなら、次がある。舞由がそう言ってくれたことが嬉しい。

「それに……」

いたずらっぽく笑うと、舞由が俺の首に腕を回し、抱きついてくる。

「裕樹の失敗がなかったら、こんな楽しそうで、エッチな場所にも来られなかったでしよ？」

唇が触れるだけの、軽いキスをされる。

「ね？　こんな場所にふたりでいるのに、裕樹はずっと反省会をしたいの？　他にしたいことはないのかな？」

俺はその答えを言葉ではなく、態度で示す。

舞由の腰に手を回し、今度は俺から彼女にキスをする。

「ん、ちゅ……んむっ……」

柔らかな感触を味わい、伝わってくる優しい温もりに、冷たくなっていた俺の気持ちがじんわりと溶けていく。

ああ……なんて心地良いんだ……。

　このまま、もっと彼女を感じたい、触れ合いたい。胸を熱くする気持ちに従うように、俺はさらに舞由を求めようと――。

「んっ、ふぁ……ちょっと待って」

　彼女の口内へと舌を差し入れようとした矢先、胸に軽く手を置くようにして、舞由が顔を離す。

「舞由……？」

「先に、言っておきたいことがあるの」

　ほんのりと目許を朱に染めながら、舞由がじっと俺を見つめる。

「何かな？」

　問い返すと、彼女は覚悟を決めるように深呼吸をする。

「裕樹……大好きだよ」

　熱い眼差しで、舞由の唇はそう告げていた。

　初めて……だと思う。きちんと舞由のほうからそう言ってきてくれたのは。

「前からそう思ってたんだけど、なかなか言葉にするタイミングがなかったっていうか、言うのは難しかったっていうか……」

　照れているのか、やや早口にそんなことを言う舞由が可愛くて、愛おしくて、俺は彼女をぎゅっと抱き締めていた。

「きゃっ⁉　ゆ、裕樹……？」

「嬉しい……すごく、嬉しいよ」

「……そっか。嬉しいんだ。ちゃんと言ってよかった」

「俺も、俺も舞由のことが好きだ」

「ふふっ、ありがとう。大好きだよ、裕樹」

互いの思いを確かめ、伝え合うように、俺たちは唇を重ねる。

「んっ、ちゅは……私は、これからもずっと裕樹と一緒にいたいと思ってるけど……迷惑かな？」

「そんなわけない。少しも迷惑じゃない。俺も舞由と、ずっと一緒にいたいと思っているから」

「うん……ありがとう、裕樹……本当に大好きっ！」

「んむむっ⁉　んっ……」

喜びを表すように、舞由はさらに気持ちのこもった熱烈なキスをしてくる。

それに応え、舌と舌を合わせ、絡め合う。

彼女の体をベッドに横たえようとしたところで、

「ちゅむちゅぅ……へぷしっ！」

舞由が可愛らしい、くしゃみをした。

「ん……。ごめんなさい。変なタイミングでしちゃった……」

「そう言えば、雨に降られたままだったよな」

降り始めてすぐにラブホへと退避したので、そこまで濡れてはいないが、体は冷えている。このまま放っておけば風邪を引きかねない。

「……この部屋、なぜか乾燥機まであるみたいだから、濡れた服を入れておこうか」

ラブホ経験のない俺には意外だったが、こんなものまであるんだな。

「それだね。じゃあ、服を乾かしている間、私たちも体を温めようか？」

すぐにエッチをするのかと思ったが、舞由がバスルームに視線を向ける。

「あそこ、入ってみたくない？」

「実は、ちょっと興味があったんだ」

「そうだよね。あれ、すごいよね？　お風呂に入ってるところが全部見えちゃうんだよ？　普段、洗ってるところなんて見られることないのに……あぁ、どうしよう……あんなところとか、こんな場所まで……あうぅ……」

「ちょっ、ちょっと落ち着こうな」

どうやら舞由の中では、様々な妄想が繰り広げられているようで、すでに鼻息が荒くなっている。

「でもこれ……。いくらホテルへ一緒に来るのは、裸を見せてもいい相手だけだって言っても、隠すものが何もないんだよ？」

「そうだな。丸見えだな」

「こう、不安の中で身体を洗わなきゃいけないっていう、スリリングな感じ……わかるでしょう？」

「まあ、言いたいことはなんとなくな……」

基本、部屋は貸し切りなのだから、当然室内に入って来る人などまず現れないだろう。

だがしかし、それでも万が一ということもある。

そうなった場合、生まれたままの姿で対処しなければならないという、恥ずかしさと不安が常につきまとう。

ましてそこでセックスなんてしていようものなら、とんでもないことになる。

確かにここはラブホなので、そういうことをする場所なんだが……。

それとは別で根本的な話、無防備な入浴中に丸見えだなんて、他人の目がなくても落ち着かないだろうな。

「男の人――裕樹は、私が体を洗っているところを見て興奮する？」

「あー、うん。興奮するな。舞由は、見られてどうだ？」

「他の人なら嫌かな。でも、裕樹に見られるのなら……ちょっと、興奮しちゃうかも」

舞由は目をキラキラさせ、頬を上気させている。非日常的な空間と状況に、いつも以上に興奮しているようだ。

「ねえ、裕樹。このドキドキ感、試してみたくなるよね？　ね？」

胸の前で手を組むようにして、目を見開いて同意を求めてくる。

「ま、まあ……」

彼女の勢いに押され、とりあえず頷いた。

ここで『そんなことはない』と言えるような豪胆さを俺は持ち合わせていないし、そもそも、俺自身やってみたい好奇心のほうが強かった。

ただやはり恥ずかしさが、つい、保身に走らせてしまう。

でも一皮むけた舞由には、それがないようだ。

「それじゃ、一緒に入ろっ♥」

「……しかたないな」

大好きと言われた彼女に誘われては、断れない。

そんなわけで、なんの躊躇もなく服を脱いで乾燥機へ放り入れると、ふたりでバスルームの扉を開けた。

「んんぅ……ちゅっ、ぷっ、んちゅむぅ……」

流しっぱなしのシャワーを浴びながら、溶け合うように抱き合い、唇を合わせる。

気持ちのこもった、とても情熱的で濃厚なキスと、チークでも踊っているかのような素肌の交わりあいが心地良い。

「んっ、裕樹……好き……♥」

「俺もだ、舞由……」

いつもより、なんだかとてもウエットな雰囲気で、ゆっくりと時が流れているように錯覚する。

「んっ、はあぁ……こういうふうに、お風呂に入りながら裸でイチャイチャするのも、気持ちいいね♥」

「だな。お風呂の良いところはやっぱり、あったかい胸に触られるってところだよなっ。ちゅむっ！」

「ふやあぁんっ⁉」

水を弾いて艶やかに濡れる爆乳に、何も考えず唇を吸いつけた。

「んあっ、やうっ……ふふっ、くすぐったい……んんぅ……急に吸いついてくるとは思わなかったから、びっくりしちゃった」

「ちゅぷっ……たまにはこういうのもいいかなと思ってな。あむっ」

「あんっ、なんだか赤ちゃんみたいっ♪ んんぅ……エッチで大きな赤ちゃんだけど♥」

母性がくすぐられたのか、なぜか舞由は甘い声を出しながらも俺の頭を軽く撫でてくる。

「こらこら。頭を撫でるな……ちょっと違う気分で、癒やされちゃうだろ」

「あはは♪　でも裕樹の癒やしになるなら、いくらでも吸わせてあげる♥」

「それはありがたいが……まあ、ここを吸わなくても、舞由がそばにいるだけで十分癒やされるよ」

「あんっ、やだ……そういうこと言われちゃうと、胸がキュンってしちゃうじゃんっ♪　はんんぅ……きゃうっ♥」

照れる舞由の胸に顔を埋めながら、今度は吸いつくだけでなく舐めてみる。

「んれる……うむっ、美味」

「やうっ、はんんぅ……どんな味がするのよっ、それ……あんっ、もうっ……おっぱい弄りすぎぃ……はぁんっ♥」

普段とは違う場所でイチャついているので、舞由も新鮮な気持ちで感じているのかもしれない。

いつも以上に胸の感度が良くなっているみたいだ。

「んっ、はあっ、あんんぅ……シャワー浴びてるのに、裕樹のヨダレでベチョベチョになっちゃいそう……んんぅ……おっぱいだけじゃなくて、違うところも弄ってよぉ……あぁんっ♥」

もちろん胸だけ弄るだけなんて野暮はしない。

「わかってる。こっちのほうもしてほしいんだろう？　んちゅむっ！」

コリコリになって勃起している乳首にも吸いつく。

「ふやあぁんっ⁉」

可愛らしい悲鳴を上げ、舞由がゾクゾクと体を震わせる。

ちゅぱちゅぱと音を立てて吸い上げ、乳輪をなぞるようにくるくると舌先を回す。

「あうっ、そ、それっ、変わらないぃ……あぁぁっ♥」

もどかしげに背中をのけぞらせ、胸を突き出してくる。

さらに刺激を与えるように、唾液を塗り広げるように舐め転がす。

「はあっ、はうぅ……そっちも確かに気持ちいいけど……あうっ、くんんぅっ！　あんんぅ……や、やだ……そっちだけで、アソコが熱くなってきちゃった……あっ、んはぅ、あぁぁっ♥」

やはり感度が、今回は抜群に良いようだ。

「にゅむっ！」

唇で乳首を甘噛みをしたまま、舌先で擦っていく。

「んゆっ⁉　きゃううぅんっ♥　やんっ、そんなに乳首をいじめないでぇ……あっ、ああぁっ！　今日の私っ、乳首が異常に敏感になってぇ……んあっ、あぁぁっ、ダメえぇぇぇっ♥」

ビクビクと全身を震わせ、俺の頭をグシャグシャにしながら悩ましげな声を上げた。

「んぷっ……あれ？　もしかして？」

「んあぁぁ……はあっ、はうぅぅ……い、イっちゃったぁ……んんぅ……乳首だけで真っ白にイっちゃったぁっ♥」

「おお……すごいな。エロくなって……」

思いの外、舞由が簡単に達したので、ちょっと驚いてしまった。

「んんぅ……おっぱいでこんなになったのって初めてかも……はあっ、あんんぅ……これって裕樹に仕込まれすぎちゃったってことかな♥」

「うっ……そんなには弄って……いたな。うん。ごめん」

言い訳できないほどに、彼女の胸に多く触れている気がして、ちょっとだけ反省する。

「……ただ、今後も大いに撫でたり、弄ったり、舐めたりするつもりだから、覚悟しておいてくれ」

「あははっ♪　さすがおっぱい大好き星人だね♥」

「地球に住む男子は大体がそうだろう。さて、けっこうイってたみたいだけど……こっちの具合はどうなんだ？」

「ふあっ!?　きゃあぁんっ♥」

気になる彼女の股間へ指先を這わせると、ギュッと太腿で挟んでくる。

だが拒んでいるわけではなく、乙女としての恥じらいといったところなんだろう。

「んんぅ……あんっ♥　裕樹、もっと触って……エッチになってるオマンコもいっぱい弄って感じさせてぇ……あんんぅっ♥」

その恥じらいは一瞬で、快感を求める舞由は自ら股を開き、弄ってほしそうに俺へと見せてくる。

「いや、弄ってと言われてもな……こんなにグチョ濡れなら、もう必要ないんじゃないか？」

熱く発火する膣口はすっかり愛液まみれになっていて、ぱっくりと開いた裂け目が、綺麗な赤色で充血し、いやらしく発情して蠢く。

「んっ、はんんぅ……あっ、はううぅ……そんなこと言いながら、指先まで入れて弄ってくれてるし♪　んんぅ……」

俺の指の動きに満足げな舞由は、うっとりとした顔で俺を見つめてきた。

「はあっ、んんぅ……確かにもう指だけじゃ満足できないかも……はあっ、はんんぅ……」

そのまま視線は顔から下に向かって、肉棒へと進む。

「おちんちん、欲しいぃ……んあっ、はあぁ……ものすごく反り返って、血管が浮き出ちゃってるガチガチおちんちん……ちょうだーーいっ♥」

目を輝かせ、手の平で撫でてくる。

その仕草は、まるで愛おしいペットでもあやすかのようだ。

しかし、それがまた格段に気持ちいい。

「くぅ……アソコもすっかり準備できてるし、そろそろするか」

「うんっ♥ あんんっぅ……。でも、今日は後ろからじゃないほうがいいかな」

「ん？ どうしてだ？」

「それは……私の大好きな顔を見ながら、セックスしたい気分……だから♥」

「お、おお……」

最高に可愛い笑顔でそう言った舞由に、ときめきすぎて死ぬかと思った。

「そう言われたら、もちろん向かい合ってしたいが……そろそろシャワーを浴びっぱなしってのも寒くなりそうだし……」

「ふふ。そう思って、実はお湯を湯船にはってたの。ほら♪」

いつの間にか準備をしていたようで、しっかりとお湯も溜まって温かそうだ。

「それじゃ、入りながらやってみるか」

「うん♥」

シャワーを止め、仲良くふたりで湯船に浸かると、十分な広さだった。

「……よし。じゃあ俺の上にそのまま来てくれ」

「あっ……それじゃあ、いくね。んんぅ……」

下に座る俺の上から、対面で舞由が腰を下ろしてくる。

もちろん膣口にはしっかりと亀頭をねじ込ませながら。

「ふあぁぁんっ！　んっ、あうぅ……くんんっ♥」

愛液だけでなくお湯のおかげもあってか、とても簡単に根本まで入ると、膣肉に温かく包み込まれた。

「はあっ、あんんぅ……グリグリって硬いので中が削られるみたい……んんぅ……でもとってもあったかくて、全身がふわふわしちゃってる……♥」

「そうだな。入れただけなのに、俺もなんだか腰が抜けそうな感じがするぞ」

お湯で身体が、そして膣内で肉棒がそれぞれ温められ、全身の隅々まで脱力してしまうほど心地良い。

「ほぉ～……いい湯加減だなぁ……」

「んっ、あんぅ……裕樹、まったりしてないでっ。あんぅ……私、ガマンできないからぁっ♥」

ついその場でのんびりしようとしてしまった俺に、舞由が切なそうな瞳で訴えかけてくる。

よっぽど欲しがっているのか、自分から腰を動かして俺に押し付けてきている。

「くぅ……まったく、欲しがりやさんだなっ、舞由はっ！」

「ふはあぁっ!?　んあぁぁぁっ♥」

ねっとりと絡まる襞をかき分け、すでに軽く震えている狭い膣内を思いっきり突き上げた。

「んくっ、ふあぁぁ……あぁぁんっ♥ 変な角度で中を削っちゃってるぅ……んんぅっ！ なんだか、乱暴な感じがするよ……んっ、んあぁぁんっ！ でもそれもっ、気持ちいいけどっ♥」

水の中でするのは初めてなので、なかなか思うように腰を動かしづらい。

「おっと……ちょっと待ってくれ。もうちょっと脚を開いて、浮力を利用すればきっと……」

「んっ、んんぅっ！ はぅつ、ふあぁぁっ♥ ああっ、いい感じぃ……いつもみたいに、敏感な場所におちんちんがハマってる気がするぅ……んっ♥ んんぅっ♥」

慣れてくると意外と良い具合にピストンができてきた。

もしかしたら、普通にやるときよりも、体力を使わないかもしれない。

「んぁ、あっ、ああっ♥ 裕樹っ、これまたすぐ、きちゃうかもぉ……あっ、あうっ、んぅっ！」

抱きついて腰を振りながら、舞由が嬌声をあげていく。

快感のギアが、かなり上がってきたようだ。

「はあっ、ああんっ！ ん、んぁ、あぅっ♥」

ラブホのお風呂場ということもあり、遠慮なしのその声が、よく響いていた。

エコーがかかったようになっているのもまたエロいものだ。

「おおう……これはビッグウエーブが巻き起こりそうだな」

水面でふよふよと浮き沈みしているおっぱいも絶景だ。

「んぅ、あ、ああっ⁉　んっ、んんぅ……どうしたの？　鼻の下がすごく伸びてる……あうっ、んんぅっ！」

「目の前の爆乳が、いつもより淫らに暴れているからだっ」

「うにゃあぁんっ⁉　あっ、やうっ、そんな激しく……んあぁぁっ♥」

不規則な動きで揺れる胸を見ながら、さらに腰の動きを加速させていく。

「んっ、んんぅっ！　あうっ、裕樹、動きが大胆すぎるよぉ……んんぅっ！　お湯がなくなっちゃうってばぁ……あぁぁっ♥」

激しさで水面が揺れて湯船から溢れる。

それでも構わずに、ガンガンと下から突き上げて責め立てた。

「なくなったら継ぎ足せばいいさ。まあ、すでにもう継ぎ足してるんだけどな」

「ええっ⁉　いつの間に……んんぅっ！　はあっ、はあぁ……でもそんなに激しくされちゃうと、中にお湯が入ってきちゃって変な感じぃ……」

確かに、狭い膣内を行き来させる肉棒から、今までにない感覚が伝わってくる。

「おっ、このビュッと水が抜ける感じ……これもまた新鮮な感覚がして、ものすごくいいな」

「んっ、んくぅ……あうっ、あんぅ……やだ……私のほうはなんだか、おもらししちゃってる感じで……んっ、あんぅ……恥ずかしいから、あんまり入れないで……あんっ、んんぅ……」

「相変わらず、そういう不意に見せる可愛さが、そそるんだよな。イタズラ心をっ」

「ふやあぁんっ!?　あうっ、んんぅっ！　ま、まだ激しくなっちゃってるっ!?　ふあっ、あぁっ♥　わ、わざと入れようとしてるでしょっ、これぇ……あっ、あぁぁっ♥　繋がってるところから、ビュッビュッって出るのっ……恥ずかしいのにっっ、感じちゃうぅ……んあっ、はあぁっ♥」

恥ずかしいと言っていたわりには、あっさりと感じまくってくれている。

段々とヘンタイ的なことにも、耐性が付きつつあるのかもしれない。

「くううぅんっ!?　ふあっ、この感じっ、多分きちゃう……喜んじゃってっ、届いちゃううっ♥」

グチュンッ！

「くあっ!?　また当たってるな」

感じまくって舞由の子宮が落ちてきたようだ。

「はっ、はうぅぅんっ♥ ああっ、はぁぁっ♥」

突き上げると、その動きに応えるように、亀頭を咥え込もうと吸いついてくる。

「んくっ、あぁぁんっ！ す、すごく当たっちゃってる……あっ、あぁぁっ♥ この姿勢でも当たっちゃうなんてっ、裕樹のおちんちんっ、成長しすぎぃ～～っ♥」

「いやいや、そんなわけないだろう。舞由がセックスに慣れてきて、いっぱい感じてくれているからなんじゃないか？」

「あっ、はんんぅ……そっかぁ……んっ、んっ♥ 裕樹の全部が欲しくてたまらなくなってるから……身体もいっぱいエッチになっちゃったのかもぉっ♥」

「ははっ、確かにな」

なんだか照れくさいが、悪い気はしない。

いや、むしろものすごく嬉しいっ！

「舞由……いくぞっ」

「んえぇっ⁉ ふあっ、やうっ、ふなぁぁんっ！ あっ、ああっ、おちんちんでこじ開けられそうになってるしぃ……んんぅっ！ お、奥までお湯も入ってきちゃってぇ……はうっ、うっ、あぁぁっ！ 私の中ぁっ、めちゃくちゃになっちゃってるぅっ♥ あぁぁぁんっ♥」

しっかりと抱きついてくる彼女に合わせ、全力で突き上げてラストスパートを掛ける。

「はっ、はあぁぁっ♥　お腹の奥がグチュグチュして熱いぃ……んっ、んんぅっ！　もう頭が真っ白になるのぉっ♥」

「ぐくっ……受け取ってくれっ！」

ドップンッ！　ドビュルプッ、ドププッ！　ドビュルルルーーッ！

「ふはあぁぁっ♥　中で出されてっ、とびゅううううぅぅぅぅっ♥」

ぎゅっと強く抱きついてくる舞由にしっかりと腰を押し付けながら、全てを中に注ぎ込んでいく。

「んんっ、はふぅぅ……お腹にドクンって、溜まってくのぉ……ふっ、はふぅぅ……んあぁ……♥」

ごくごくと、まるで飲むようにして子宮口が吸いついてくる。

「んはあぁ……中の奥で広がっていく感じ、すごくいい……裕樹のせーえき、染みてくぅ……♥」

「まるで温泉に浸かっているような感想だな……まあでも、風呂の中でするのは色々と新鮮な体験ができて良かったかもな」

「うんっ、そうだねぇ……今度は本当に温泉に行ってシたいねっ♥」

「ああ。望むままに何度でもな」

「あはっ♪　期待してるからね♥　ん～～ちゅっ♥」

また挨拶のようにキスをする俺たちは、しばらく繋がったまま湯船に浸かっていた。

裕樹との毎日が幸せで、嫌なことを忘れることができた。

けれども、これは夢なんじゃないのかと、こんな日々が自分に訪れるわけがないという気持ちが強くなるたび、『昔の私』が顔を出す。

そう――私は、虐待に近い日々を送っていた。

両親は揃っていたし、金銭的に不自由もしたことはない。

そんな家に生まれ育ったのにこんなことを言えば、もっと酷い目に遭っている人もいると、責められるかもしれない。

けれども、誰かと比較するようなものじゃなく、私にとってあの家は――あそこで過ごす日々は、苦しくて、辛くて、良いことなんて何一つなかった。

それくらいに、昔から私の家は厳しかった。

ちょっとでも間違えれば厳しく怒られ、何度でもできるまで繰り返しさせられた。

もちろん叩かれたこともあったし、殴られたことも何度かある。

食事が抜きになることもあったし、寒い夜空の下で一晩中家から出されたこともあった。

私のしたいことはことごとく反対され、親の選んだ習い事を強制的にやらされ、遊ぶ時間はどんどん削られていった。

それでも、私にとっては唯一の親だ。

最初は私も親の望む良い子になろうと思って、がんばってみた。

努力して、努力して、努力して……。

やっとの思いで結果を出しても『その程度のこと、できて当たり前』と褒められることもなかった。

あなたのためを思って言っているの。

あなたのために厳しくしているの。

あなたのために、あなたのために——。

歪んでいても、それは親の愛情なのだと信じていた……ううん、信じていたかったのかもしれない。

勉強も、習い事も、食事も、身に着ける服も、すべて親の言いなりだった。

何もかも決められ、まるで母の操り人形のようだった。

けれど、友達ができた。私が自分で選んで自分で手に入れた唯一の存在。

一緒にいるだけで楽しかった。自分の狭い世界が広がっていくように感じた。それなのに『あなたに相応しくない』とか『あの程度の家の人間と付き合うな』とか、私には関係のないことでケチをつけられた。

それでも、私はかまわなかった。

けれど――あの日、いつものように友達に声をかけたら怯えたように避けられた。

私の知らないところで相手の親まで巻きこんで、私から友達を奪った。

あのとき、私は心の底から怒りを感じ、そして親と決別した。

それからは判を押したような、よく見聞きする反抗の連続。

親が嫌がることを積極的にやった。親が否定する相手と付き合い、親が眉をひそめるようなコトをした。

それでも干渉を止めず、私を自分の思い通りにしようとする母から逃げるように家出をした。

最初のうちは友達の家を渡り歩いていたけれど、いつまでも甘えてはいられなくなってくる。

そうして渡り歩いているうちに、噂《うわさ》が良くない連中に流れていったのかもしれない。

ちょっとやばい相手がしつこく迫ってきたり、いかがわしい金持ちがお金をちらつかせて保護してやると言ってきたりもしてきた。

そんな人たちからも逃れるために、ひとり知らない街に来てみたけど、そこでお金も尽きてしまった。

友達や知り合いも、もう頼りにできない。

結局、行くところがなくて、道端でうずくまっていた。

そして追い打ちをかけるように雨に降られて……本当にあのときは最低な気分だった。

そんなときに、裕樹が声をかけてきてくれた。

『……こんなところにいると、風邪引くぞ？』

どうせヤりたいだけの、きしょいおっさんでしょ……。

なんの期待も持たずに顔を上げると……おっさんというよりも、お兄さんといった感じのスーツ姿の男の人だった。

しかも何もしてないのに、傘とお金を渡してきて、自分はさっさとどこかに行こうとする。

え？　なに？　意味わかんない。なんでそんなことするわけ？

もしかしたらお金持ちで、戯《たわむ》れに恵んでくれただけ？　そんなふうに考えたけれど、靴はくたびれているし、スーツもあまり良いものじゃなかった。

訝しく思ったし、警戒もしなかったわけじゃない。

けれど、今までに声をかけてきた男たちとは違って、本気で心配してくれているのがわかった。

私を見る目が、困惑しつつも優しかった。

この人……もしかしてイイ人なんじゃない？

『……私は、舞由っていうの、よろしく』

本名を言うのはちょっと危ない気もしたけど、ウソを吐くのが苦手だから、名前だけ教えることにした。

『あー、山西裕樹だけど』

この人も本名を名乗っていないかもしれない。

もしかしたら、騙しているだけかもしれない。

家までついて行ったら、その場で豹変して酷い目に遭うかもしれない。

でも――それでもいいや。

『――ね、ユーキさんの家に泊めてよ』

最初は打算もあった。

一回やらせれば、きっと数日は泊めてくれるだろうと。

もし襲われたら、弱みを握ることにもなるし、利用するだけ利用してやればいいと、半ば投げやりにそんなことを考えた。

でも、ユーキさんは、私の想像していたようなことは、何一つしてこなかった。

家出したときに声をかけてくる相手。部屋に泊めてもらうときの代価。

友達から聞かされていた話と、自分の状況のあまりの違いに、私は戸惑ってしまった。

だから、私はカマをかけてみた。

あなたも母親と同じように、私を自分の思い通りにしたいだけじゃないの？　優しくするふりなんてしなくていい。早く本音を見せてよ。

そんな気持ちもあって、自分から積極的に初めて男の人のおちんちんを握って扱いてあげた。

それでも、彼のほうから体を求めてくることはなかった。

そのとき、私は気付いてしまった。

私も母親のように、相手を自分の思い通りにしようと、自分の考えに当てはめようとしていたのだと。

そのことにショックを受けたけれど、それ以上に興味が湧いた。

この人、いったい何を考えてるの？

この人、どうして何もしないの？

それから、裕樹のことを知るほどに、一緒に過ごす時間を重ねるほどに、私は彼に惹かれていった。

だから今は『帰る場所がない』から、ここにいたいんじゃない。

私自身が裕樹と一緒にいたいから、ここにいる。

そして、これからもずっと彼の隣にいたい。

それを実現するためにも、私にはやらなければいけないことがあった。

「……話して……こうようかな……」

裕樹にこれ以上迷惑をかけないように、きちんと家族と話をつけないといけない。

そして、自分の気持ちをしっかりと伝えてこよう。

裕樹に大好きと告白したあの日、私はそう決意していた。

私が家出したくらいで、あの人——母親が変わるとは思えない。

そして、彼女が望むような相手以外との交際なんて、きっと認めてもらえないだろう。

でも、それでもいい。

ここには自分を迎えてくれる人がいる。それは何よりも支えになった。

でも、やっぱり不安はあるし、恐怖もある。

もしかしたら無理矢理に引き止められて、裕樹ともう二度と逢えなくなるかもしれない。

だから最後にもう一度——裕樹に勇気をわけてもらおう。


……なんだか、妙に身体が温かい。

それに布団の中でモゾモゾと何かが動いている。

そんな違和感からふと目覚めると……。

「あ、起きた。おはよっ♥」

ドアップの舞由の顔が目の前にあった。

どうやらまた潜り込んできていたらしい。

「おはよう……どうした？　今日は休みだぞ？」

いつもイタズラしてくるのは夜の時間帯なので、こんな朝早くから来るのは珍しい。

それに、正直ちょっと眠いので、もう少し寝かせてもらいたいんだが……。

「休みだからでしょ。彼女として気持ち良く起こしてあげようと思って、こうして朝から潜り込んでるのっ♥」

可愛く抱きついてくる舞由に、さすがにそんなことを言う気にはなれない。

「ん……？　気持ち良く？　……え？　おおうっ⁉」

それに眠気を吹き飛ばすような、細い手での手コキがいつの間にかされていた。

「ちょっ、おまっ⁉　くっ……いつから潜り込んでいたんだ⁉」

「ふふ。外が明るくなったときにはいたかも♥　はぁ……朝起きたてのおちんちんって、すごく大きくなってるんだね。触る前からこんなになってたし……やっぱり裕樹って、エッチなことをいつも考えてるの？」

「これは生理現象だっ。まったく……寝てても油断できないな……って、おうっ⁉」

「あはっ♥　もうビクビクッってしてる～♪　んっ……私の前で油断してるほうが悪いの♪ほらっ、もっといじめちゃうぞ～♥」

気付かないまま、かなり弄られていたのかもしれない。

手コキが気持ち良すぎて、思ったよりも早く限界が見えてきた。

「んんぅ……さっきからエッチなお汁も出ちゃってよく滑るし。とりあえず一回、イっておこうよ」

「と、とりあえずじゃないだろ……くあっ⁉」

どうやら、舞由はもう終わらせようとしているようで、本気でその小さく温かい手の平を小気味よく振ってくる。

しかし、自分が知らぬ間にされた手コキで、気分的にはあまり快感も得られていない状態なのに、このまま簡単に出してしまうのはなんだか悔しい。

「ほらほらっ、遠慮しないで。寝起きの一発、元気にイっちゃおー♪」

「ぐぬぬぬ……」

目をつぶり、思い出したくもない仕事の上司や取引先などを頭に浮かべながら、強制的に快感を減退させ、なんとかこの極上な手コキを耐え忍ぶ。

「ん〜〜？　あれれ？　ピクピクして、もうイきそうにしているはずなのに……あー？　もしかして裕樹、無理して我慢してるんでしょ？」

ぎくっ！

「寝ている間にイタズラされたから、ちょっとすねてるんだー？　ふふ……寝顔も可愛かったけど、そういうところも可愛いよね～♥」

「ぐっ……舞由は何でもお見通しかっ⁉」

長い付き合い……というわけでもないのに、俺の考えが読めるとは、さすがは俺の自慢の彼女。

まあ、ただ俺が単純なだけという可能性のほうが高いが……。

「う～ん……意外と我慢するじゃない。じゃあ、こっちならどうかな～？」

「な、何だ？　何をする気だ？？」

ニヤリと笑った舞由が布団に深く潜り、俺の目が届かない股間のほうへと移動する。

「あ～～んむっ♥」

「おわぁっ⁉」

ヌルヌルで熱いものが、急に肉棒全体を包み込んだ。

どうやら咥え込んだらしい。

「ぬふっ、んぷぅ……ちゅむっ、んちゅぷっ！」

「ぐおっ……舞由、それはマジでやばい……くあっ⁉」

不意のフェラチオに、思わず腰が引ける。

だが、舞由は逃さないようにと、俺の腰へ腕を回してくる。

「ちゅはっ、んちゅっ、ちゅぷぅ……んはあんっ♥　お口の中で暴れちゃってるっ♪　あ

～んむっ！　にゅぷぷっ、じゅるっ、ちゅるるっ♥」

絡めてくる舌と、気持ちよく張りついて擦れる頬肉の快感。

容赦のない彼女の責めに、脳内は一気にピンク色に変わっていってしまう。

そして頭の中はもう、射精のことだけでいっぱいになってしまった。

「ちゅむぅ、ちゅぷっ、んちゅるるっ！　ちゅぱっ、ちゅぱっ、ちゅふぅんんっ♥」

「ああ……舞由、もう無理だっ、本当に出すぞっ」

「ん～～？　うんっ♥　らひてぇっ♪　ちゅぱっ、ちゅぱっ、じゅるっ、じゅるるっ！　んちゅっ、ちゅるるっ♥」

ドププッ！　ビュルルッ、ドビュルルッ！

肉棒が口に含まれて、まだたいした時間も経っていないのに、あっさりと極上のしゃぶりつきで果ててしまった。

「おふうぅんっ!?　んぷっ、くむうぅんっ♥」

しかも俺の出したものを、舞由はしっかりと口内で受け止め、目一杯に溜めていく。

そして含みきれなくなったところで――。

「ゴックンっ！　んくっ、ごくっ、ごくっ……ちゅるるるっ！　ごくっ、んっ、んふぅ……♥」

全てを飲み干し、尿道に残ったものまで吸い取って綺麗にしてくれた。

「んぷっ、んはあぁ……どうだった？　彼女からの朝の一番搾りは。気持ち良かったでしょう？　意地を張らずに、我慢しなくてよかったのに」

「くうぅ……負けを認めよう。とても気持ちいい、目覚めの一発だったよ」

「ふふんっ♥　当然でしょ。あなたの可愛い彼女がしたんだから♥」

布団の中を下半身のほうから再び上がってきた舞由が、嬉しそうな顔でそう言ってくる。

今日はやたらと彼女アピールをしてくるが、これはこれでちょっと照れる。

でも本当にこの美少女が身も心も俺に委ねてくれていると思うと、とても誇らしい気分になる。

この気持ちはやはり行動で示すべきだろう。

「さて……気持ち良く起こしてもらったから、お返しに可愛い彼女にもしっかりと気持ちよくなってもらおうかっ！」

「きゃあ～～♥」

さっそく、エロエロで色々な愛撫をしようと、改めて布団をめくって舞由に反撃に出る。

「さて……やっぱり定番の爆乳を堪能…………は？」

だが予想外の光景に、布団をめくったまま固まってしまった。

「寝起きなのに、なんでもう真っ裸なんだよっ⁉」

下着すら着けていない舞由の素肌が、朝日を浴びて白く輝いてとても眩しい。

「あれ？　知らなかった？　私、寝るときは裸派だよ。ふふふ……もちろん、昨日からだけどっ♥」

「ほほう……それは良い趣味だなっ」

「うやあぁんっ♥　あうっ、またおっぱい星人が吸ってくる～～っ♥」

ピチピチの胸にしゃぶりつき、慎ましくもきちんと自分を主張するきれいな色の乳首を、唇で挟んでこねくり回す。

「んあっ、はあぁ……ああぁんっ♥　あ、あううぅ……おちんちんを弄りすぎちゃったからかな……あんぅ……なんだか、妙に敏感になっちゃってる……あうっ、はっ、くんんぅっ！」

「ははっ。想像してそんなに感じてるなんて……舞由は本当にエロくなったな」

「はあっ、はあっ、ああぁんっ♥　んんぅ……裕樹がいっぱい仕込んだもんね♥　ふやあぁんっ⁉　きゃうっ、あっ、オマンコにも……ああぁっ♥」

胸と同時に、さらに秘部へ指を突っ込み、膣壁を優しく撫でていく。

「はあぁっ！　あっ、あうっ、うぅ……裕樹の指でくすぐられるとっ、その跡が熱くなってムズムズしちゃううぅ……はあっ、んんぅっ♥」

「おっと……本当にもう、感じまくっていたんだな……」

驚くほど多くのねっとりとした愛液がすでに染み出していて、指を動かすたびに奥から溢れ出してくる。

もちろん膣口はすでにいやらしくぱっくり開いて充血し、肉棒の受け入れ準備は整っていた。

「んっ、んはあぁ……今すぐ欲しいぃ……もう、早く入れてほしくて切なすぎて、おかしくなっちゃうからぁ……」

こんなエロい格好を見て我慢できるはずもない。

「ここまでとは思わなかったな……よしっ、すぐ入れてやるっ！」

「んあっ♥ ひゃあぁんっ♥」

舞由の両脚を持ち上げ、挿入しやすいように股間を俺に向けさせる。

「あっ、はんぅ……こ、これっ、丸見えになちゃってるぅ……♥」

「とても美味しそうなアソコだな。それじゃさっそく……いただきます！」

「はぐうぅんっ!? うあっ、ふあああぁっ♥」

上から覆いかぶさるようにして、屈曲位で挿入した。

「ふあっ、んくうぅ……あぁっ！ すっごい奥のほうまで、ぐに～～って広げられちゃってるぅっ♥」

「ほお……舞由の奥が喜んでるのがよく分かるな」

この体位はとても入れやすく、より深く繋がってるような感覚になる。

「んっ、はうぅ……入れてもらったら、もっと身体がうずいちゃってるぅ……早くパンパンしてぇっ♥」

「ああ、もちろんっ！」

「ふあっ⁉　あっ、はあぁぁんっ♥」

出したばかりだが、まだギンギンに漲っている肉棒で、上から打ちつけるように腰を振りまくる。

「あっ、あっ、最初から激しいのっ、きたあぁぁっ♥」

舞由の自由を奪い、完全に抑え込みながらのセックス。

やや乱暴になりがちだが、そこが嗜虐心をそそってくる。

「ああ……これ、ものすごく襲ってる感が出る感じだな……」

そんな感覚が強く現れるような体位だったので、舞由が嫌がるなら少し変えようかと思ったが……。

「はっ、はうっ、んんぅっ♥　なんだか裕樹がいつもよりワイルドに見えて……あうっ、んんぅっ！　襲われてもっ、全然いいぃっ♥」

どうやら舞由もそれを楽しんでいるようで、とても嬉しそうな声を上げていた。

俺も興奮して腰が止まらない。

「あぁっ♥　ん、あぅっ……奥まで、んあぁぁっ♥」

俺は軽く体重をかけるようにして、ぐっとペニスを押し込んでいく。

彼女はその蜜壺を差し出すように腰を上げて、肉棒を咥えこんでいた。

「あぁっ……♥　ん、あっ、ふぅっ……あぁぁっ♥」

「……それにしても、人が寝てる間にイタズラしてくるとは……初日にあれほど礼儀正しかった舞由はどこに行ったのやら……」

「あうっ、あっ、んんぅっ♥　あのときはまだ……あうっ、んんぅ……誰かさんに、大人にしてもらってからっ、いっぱい悪いことも教えてもらっちゃったのぉ……あぁぁっ♥」

「やれやれ……そうやって人のせいにしたらいけないな。やっぱり悪い子には、ちゃんとお仕置きしないとな」

わざとこちらを煽ってくる舞由に応え、強引にピストンを行う。

「んはぁっ！　あっ、起きない裕樹が悪ぅ……いいぃんっ♥」

彼女は気持ちよさそうな声を上げながら、まだこちらを焚きつけてくる。

「あっ、あうっ、くうぅんっ⁉」

「お？　子宮口が熱烈歓迎してくれてるな」

深く繋がっているからか、簡単に舞由の行き止まりへと辿り着く。子宮口が亀頭を出迎えるようにキスをしてきた。

「うゆっ、はあぁんっ♥　あっ、そうっ、歓迎しちゃうぅ……こんな気持ちいいおちんちんならっ、いくらでも歓迎しちゃうのぉっ♥」

「おや？　でもこれじゃお仕置きにならないな……さてどうするか……」

そう言ってちょっと考えるふりをして、急に腰の動きを止めてみた。

「んえぇっ⁉　やだっ、やあぁ……すごくいいところなのにぃ……んんんぅ……は、早くちょうだいっ！　いじわるしないでぇ～～っ！」

よっぽど欲しいのか、ベッドに押し付けられて身動きがあまりできないはずなのに、腰を押し付けてこようとする。

「んんっ、んんぅ～～っ……お願いっ、裕樹ぃ……こんなに切ないの耐えられないのぉ……エッチになっちゃった私に、ちゃんとしてぇ……♥」

さらに、膣口を思いっきり締めてきて、俺の竿を引きずり込もうとしてくる。

火傷しそうなくらいに熱い子宮口が、亀頭に吸いついてきたあたりで、俺のイタズラ心が欲望に負けた。

「ほんとに……俺の彼女は、可愛すぎるなっ」

「ああぁっ⁉　ふあぁぁっ♥　あっ、ああっ、やっと動いたぁっ♥」

快楽を貪るように。そして意地悪をしてしまった舞由を喜ばせるように。

全力で腰を打ちつけて、ぐちゃぐちゃに喜ぶ膣内をかき混ぜていく。

「んんぅっ♥　ふあっ、また来りゅっ、くううぅんっ♥　ああっ、ああっ！　もうっ、イきっぱなしぃ……あぁぁ！　突かれるたびにっ、イクっ、イきゅううぅぅっ♥」

何回も震えて卑猥に蠢く膣内と、みだらに微笑む舞由の顔を見ていると、急激に射精感が高まってきた。

「ぐっ……それじゃあ、イタズラ好きの俺の最愛の彼女に、射精でたっぷりお返しするとしよう」

「んあっ、はあぁんっ♥　うんっ、ちょうだいっ、ちょーーだいいいぃっ♥　中でドピュッて、いっぱいほしいぃ……裕樹のせーえきっ、ほしいのおぉぉっ♥」

「ああっ！」

ドックンッ！　ドクドクドクッ！

「きゃはあああぁっ!?　あっ、また……しゅごおおぉぉぉぉっ♥」

待ち焦がれている子宮へ届くように、しっかりと子宮口に押し付けて、精液を思いっきり流し込んだ。

「はあっ、はにゅうぅ……お腹の奥ぅ、パンパンになるくらいっ、いっぱい出てりゅのぉ……はふぅ……♥」

よっぽど良かったのか、呂律が上手くまわらなくなり、視線も宙をさまよっている。

「かなりイきまくってたみたいだな。ふふ……満足できたか？　イタズラっ娘め」

「ああぁんっ♥　うん……改めて、おはよぉ……裕樹……」

「ああ。ただ起こしてもらって悪いが、ちょっとまた眠くなってきたんだよな……」

「んっ……私もぉ……はぁ……いっぱいエッチしたから眠くなっちゃたぁ……一緒に二度寝しよっか？」

「だな」

こうして、たまの貴重な休日だったが、いちゃいちゃしながら自堕落な一日を過ごすのだった。


「家に一度帰ってみようと思うんだけど……」

だから、彼女がそう言って話を切り出したときに、自分で思っていた以上のショックを受けていた。

「……そ、そうか。そう、だよな……いつまでもこのままってわけにはいかないもんな」

このまま、舞由とふたりで変わらない日々を送っていく。

そんなことはできないとわかっていたはずなのに、俺は忘れていた。

……いや、考えないようにしていたのだろう。

彼女は家出少女だ。帰るべき場所が——今まで暮らしていた家があるのだ。

今、俺と共に暮らしている状態のほうがおかしいのだ。

頭では理解している。けれども、彼女と離れたくない。帰らせたくないと、心が叫んでいる。

「そんな顔しないで。私、ここに……裕樹のところに絶対戻ってくるから」

「え……？」

「これからも裕樹と一緒にいたいから、だから帰るの」

「それって……」

「ちゃんと説明するね。私の家のことと、家出の理由」

舞由はそう言うと、少し暗い顔をして俺と会う前のことを話し始めた。

淡々と説明する彼女の姿に、あのとき、どれほど追い詰められていたのか、痛いほど理解できた。

「そうか。あのときの舞由は……そういうことだったのか……」

「うん。最初は、裕樹を信じてなかったの……失望した？」

「いや、それは当然のことだろう？　逆に、なんで簡単についてきたのか納得できたよ」

俺がそう答えると、舞由はほっと胸を撫で下ろした。

「それでね。裕樹とこれからも一緒にいたいのなら、いつまでも逃げてられないでしょう？」

舞由の言う通りだ。

いくら本人が望んで家を出てきたとはいえ、もしも家族が捜索願いを出していたら？

事実はどうあれ、俺は年下の少女の弱みにつけ込み、部屋に連れ込んだと言われても否定できない。

「だから……思い切って、あの人と話し合ってくるよ」

家族の話をしている間、舞由はずっと母親のことを「あの人」と言っていた。

血のつながりがあっても、他人よりも遠い存在のように感じているのかもしれない。

「色々と叱られるだろうし、喧嘩もするだろうし……裕樹のことも反対されると思う」

「……そうだろうな」

舞由の家でなくとも、そういう反応になるだろう。

「でも……それでも、私は裕樹と一緒にいたいから。だから、何があっても諦めないから」

彼女なりに考えて、今の状況を変えたいと行動しようとしている。

俺はそれを応援するしかない。

例え彼氏ではあっても、舞由の家の事情に土足で踏み込むようなことはできないし、かえって問題は大きくなるだろう。

ただ、舞由が安心して戻って来られる場所を、ちゃんと用意しておく。

今はこれくらいしか、俺にはできなかった。

……でもやっぱり、心配すぎるっ！

「妙なことになったら、すぐ連絡をしてくるんだぞ？　スマホは……お、俺のも持っていくか？　もしかしたら、取り上げられるかもしれないし」

「いらないってば。大体、裕樹のも持って行っちゃったら、どこに連絡するの？」

「あ、そうだな……でも、せめて家の前まで……いや、やっぱりついて行こうか？　なんなら、きちんとした格好で……弁護士！　そうだ、弁護士とか探して、直接……」

「大丈夫だよ。話し合いをしてくるだけなんだから。でも心配してくれてありがとう」

オロオロする俺を安心させるように、舞由が抱きしめてきてくれた。

「ああ……俺のほうが落ち着いてないなんて……これじゃ、どっちが話し合いに行くのかわからないな……」

「ふふっ。でも、裕樹とこうして抱き合えたから、私も勇気が出たんだよ」

俺のほうからもしっかり抱きしめ返すと、とても良い笑顔を浮かべる。

そこには悲壮感はなく、とても希望に満ちた顔つきをしていた。

こんなに美しくて強い、凛とした舞由を見たの初めてだ。

「信じて……待っていて」

笑顔と共にそう言い残し、その日、舞由は自分の家へと帰っていった。

う。


「ただいま……」

しんと静まり返る部屋に、虚しく俺の声だけが響いた。

舞由がいなかった頃に戻っただけ。そのはずなのに……どうしてこんなにも違うのだろう。

「はぁ……」

思わずため息が漏れる。

出迎えてくれる彼女の声が、あの笑顔がないと、一日の疲れが取れない。

「……今日もまだ帰っていないか……」

舞由が家に帰ってから数日が経過した。

一日千秋の思いで彼女を待ち続けているが、まったく連絡がなく、いつ戻ってくるのか、まったくわからない。

いや、戻ってこられるのかさえ、わかっていない。

彼女を信じて待つ。

そのつもりだったが、何度か彼女のスマホの連絡先を呼びだしては、通話をしようか悩んだ。

舞由が出るのならばいい。もしも、両親が出たら？

彼女が話をするために戻ったのに、俺が足を引っぱることになりかねない。

「……さみしいな……」

冷蔵庫には食材もあるが、まったく作る気にならない。

気力がないというのもあるが、ひとりでする食事は味気なくて、腹が膨らめば、何でもよかった。

だから、今日もコンビニで買ってきた弁当を広げ、黙々と食べている。

これでは、以前とまったく同じだ。

……いや。まったくではないか。

舞由がすぐ側にいて、一緒に暮らしていた。

そのぬくもりと喜びを知っているからこそ、ひとりでいることが、孤独が、以前とは比べものにならないくらいに、辛い。

俺にとっては、もはや生きがいだったんだな……。

失って改めて、舞由がいることで、どれほど満たされていたのかを痛感する。

このまま彼女が戻ってこなかったら――。

「やめやめっ！　そんなことを考えてどうするんだ！」

今、舞由は家族と向き合い、一所懸命にがんばっているはずだ。

そんな彼女が戻ってくるこの場所を、きちんと守っていかないとダメだろう。

そのためにも、俺がへたばってどうする。

「そうだよな。元気出して乗り切ろう」

残っていた弁当を、口の中に無理やり詰め込むようにして平らげると、そのまま早く寝ることにした。


今日は休日だ。

つまり、舞由が帰宅してから一週間が経過したということだ。

家族と仲直りして、このまま戻ってこないのでは？　そんな不安を覚え、何もやる気になれずに、俺はベッドでゴロゴロして過ごしていた。

彼女がいたときは、休みの日に時間を持て余すようなことなんてなかったのに。

今は、時計の針の動きが止まっているかのように感じる。

「はあ……だめだな……こんなんじゃ……」

舞由がいないからと言って、こんな生活をしていたら、彼女に顔向けできない。

いつ帰ってきてもいいように、ちゃんとしなくちゃ。

自分に言い聞かせるように考えていたところで、呼び鈴が鳴った。

「……っ」

もしかしたら、舞由が帰ってきたのかもしれない！

そう思い、俺は取るものも取りあえず、玄関へと向かう。

どうか……どうか舞由でいてくれ……。

鍵を開けることさえもどかしく扉を開くと、そこには大きな帽子を目深にかぶった、背の高い女性が立っていた。

「どなた……ですか？」

「……あれ？　ここって、山西裕樹さんのお宅ですよね？　もしかして……数日、見ないうちに忘れちゃったの？」

「舞由、なのか……？」

「そうだよ。上里舞由です。改めてよろしくね♪」

帽子をとった舞由が、ニッコリと微笑んでいた。

「ああ……舞由っ！」

胸に湧き上がってきた喜びのまま、彼女を抱き締めると、待ち焦がれていたぬくもりが、香りと共に伝わってきた。

「ただいま、裕樹」

「おかえり……本当に、おかえり……」

「え？　や、やだ泣いてるのっ⁉　や、やめてよ、もう……こ、こっちまで泣けてきちゃうじゃん……あうぅ……」

「だってお前……嬉しいんだから、しかたないじゃないか」

「ふふっ。うん……私も、そんなに喜んでもらえるなんて、すごく嬉しい」

熱くなる目頭を押さえながら、同じように目を潤ませる舞由を改めてきちんと見た。

どうして見た瞬間にわからなかったのか。

でもそれほどに、今まで見てきた舞由の服装とはガラリと変わっていたのだ。

清楚系の落ち着いた色のワンピースに高いヒールだった。髪だって真っ直ぐに下ろしているから、最初は分からなかったのだ。

「どうしたんだ？　その……服装がすごく落ち着いて……どこかのお嬢様みたいだぞ」

「お嬢様みたいって……一応、それなりの家の娘ですから」

すまし顔でそう言うと、くすりと小さく吹き出す。

「今までの私しか知らなかったら、そう思うのも無理ないけど。こっちのほうがいい？」

舞由は上目遣いに見つめながら、俺にそう尋ねる。

「どんな服装でも、俺が舞由を好きなのは変わらない。だから、舞由がしたいようにするのが一番、いいと思う」

「ありがと。裕樹ならそう言ってくれるって思ってた」

「すごい変わり様だけど、それは舞由がしたくてしているわけじゃないってわけか」

「そうなの。実は、髪の色を戻さないと話もできなかったから、染め直したりもしたんだけど、それは来る前にもまた戻したんだよ。けっこう、たいへんだったぁ～」

そう言って舞由は苦い顔をする。

しかしその顔にはもう、憎しみのようなものは見られなかった。

「じゃあ話し合いは……上手くいったのか？」

「うーん……まあ、一応ね。こんなところで話していると、近所めーわくだから、早く部屋に入ろっ」

「あ、ああ、そうだな」

名残惜しいけれど、俺は舞由を抱き締めていた腕を解いた。

「それじゃ、改めて……ただいま。裕樹っ♪」


「裕樹、たった一週間で、どうしてこんなになってるの？」

部屋に入った舞由は、部屋の状態を見て苦笑している。

「ええと……なんだか、何もする気になれなくて？」

「ふーん、どうして？」

いたずらっぽい笑みを浮かべながら、舞由が聞いてくる。

「理由は、言わなくてもわかるだろ？」

「ええ〜、裕樹の口から、どうしてこうなったのか、ちゃんと言ってほしいなー」

「……舞由がいなかったからだよ」

「ふふっ、そんなに寂しかったんだ？」

「寂しかったよ」

まっすぐに彼女を見つめると、舞由は頬を赤らめる。

「う、うん……まさかそんなにはっきり言われると思わなかった……私も、寂しかった」

玄関先ではなく、部屋の中だ。誰に憚《はばか》ることもない。

今度は、俺たちはお互いの温もりを確かめ合うように抱き合い、キスを交わした。

しばらくして落ち着くと、舞由が今までの経緯を説明してくれる。

まずは家出をしたことについて、自分なりの理由をしっかりと述べて、謝ったらしい。

これにはちょっと両親も驚いた顔をしていたそうだ。

いつもなら、ただ反抗だけしかしない娘が、きちんと頭を下げたからだ。

そこで、両親も舞由の話を少しは聞くようになったらしい。

長い時間をかけて、嫌だったことなどをきちんと説明し、将来的には家を出るということを改めて説明したそうだ。

そこまでは順調にいったらしいが、ただ、一番重要なこと……つまり俺との結婚については、当然のように反対されたらしい。

それはそうだろう。

どこの馬の骨とも知らないようなやつと、急に結婚すると言われても、ご両親は納得しない。

そもそも、俺自身も結婚の話はまったく聞かされてなかったのだが……まあ、いずれはする予定だったので、報告が早まっただけだ。

舞由も反対されるのは予想していたようで、その条件として、もし認めてくれるのならば、学校もちゃんと通って卒業すると約束したようだ。

ただし、その間は俺と一緒に暮らす。

この条件だけは曲げられないと、舞由は両親とバトったらしい。

それから数日かけて渋る両親を辛抱強く説得してきたようで、連日連夜、寝る間も惜しんで説得を続けたそうだ。

「――で、最後はもう根負けさせた感じ？　でも、とりあえず了解は得たし、これで晴れて私、ここに遠慮なくお世話になれるのっ♪」

と、笑顔を浮かべる。

それは何か大きなことをやり遂げた、仕事を終えた人の顔だった。

「そうか……でも良かったな。舞由の話を一応はちゃんと聞いてくれて」

「私も絶対聞いてくれないと思ってたから、ちょっと驚いちゃった。あの人達はあの人達なりに、娘を心配してくれてたのかもね。まあはっきり言って、異常だけど」

「そうかもな……」

愛情ゆえに、厳しくしてしまうという家庭は多くあるという。

それが虐待死につながるケースも有るのだから、愛情も行き過ぎると良くないのかもしれない。

しかし、そんな危ういご両親でも、舞由のご両親には変わりない。

「よしっ！　じゃあ今度は俺の番だなっ！」

ここまで話が進んでいるなら、やはり一度会っておかないと、けじめがつかない。

「え？　どういうこと？」

「ん？　いや、だから挨拶にいくんだよ。娘さんと結婚させてくださいって」

「ちょっ、ちょっ!?　それはまだいいからっ！　というかもう、結婚するときに呼べばいいから」

「え？　な、なんでだ？」

まさか舞由のほうからダメ出しを食らうとは思わなかった。

「今、裕樹が行ったりしたら、あの人達も冷静じゃないだろうし、話がこじれちゃうよ！」

「そ、そうかな……」

「そうなの！　せっかく私がこの数日間がんばって、もぎ取ってきた成果が水の泡になっ

「ちゃうよ。もう少し、お互いに時間が必要だから……ね？　挨拶はまた今度にして」

「う、うーむ……舞由がそう言うなら……」

がんばってきた舞由と同じようにと、張り切ってしまった俺としては少し納得がいかなかったが、本人が真面目な顔で止めてきたので、従うことにした。

「ねえ？　そんなことより、もっと重要なことがあるんだけど」

「も、もっと？　それはいったい……」

ご両親の説得や結婚の話より重要と聞いて、思わず息を呑む。

「実は明日が私の誕生日なんだけど……祝ってくれない？」

「なんだってっ⁉　それはとんでもなく重要じゃないか！」

そういうわけで、無事に舞由が戻ってきたことと、彼女の誕生日という、2つの記念日として、お祝いをすることにした。

「それじゃ、さっそく予約をしよう！　今回は絶対に失敗しないから！」

「それってあのデートで行けなかったレストラン？」

「ああ。リベンジしようと思ったんだけど……」

「うーん……でも私、外の店に食べに行くよりも、ここで食べるのがいいかな～」

そう言って、くるっとその場で回転し、そのままベッドに飛び乗る。

「久しぶりに戻ってきたから、ふたりっきりで祝ってほしいの……ダメ？」

「なるほど……そうしようか」

「うん♪」

そうして彼女の望み通りに、少し豪勢な食事を用意して、この狭くもあたたかい部屋でパーティーをすることにした。

「わあ……本当にいいの？」

「ああ。もちろん」

食事も美味しくいただき、ベッドに座ったままで、いい雰囲気の中、俺はプレゼントを渡した。

いつのまにかゴムでまとめたようで、舞由はいつものおさげ髪に戻っている。

ワンピースも、俺を驚かすためだったようだ。今はいつもの服に着替え、ゆったりとくつろいでいる。

やっぱり、このほうが俺も落ち着くな。

本当なら指輪でも用意するのだろうけど、ちょっと間に合わなかったので、代わりにネックレスを用意していた。

それを受け取ってさっそく着けてくれた舞由は、とても嬉しそうだった。

ああ……選んでおいてよかった。

「……ねえ？　とっても素敵なプレゼントをもらっちゃったけど……私が一番、欲しいプレゼントをまだもらってないよ？」

「う〜ん？　それは、なんだろうな？」

すっとぼける俺に、ピッタリと寄り添ってくる。

「わかってるくせに……それで？　くれるの？　くれない？」

「もちろん用意してるさ」

「じゃあ、早くちょーだいっ♥」

上目遣いで可愛くねだってくる。

「んんっ……ちゅうっ♥」

欲しがる彼女へ気持ちを込めたキスをプレゼントした。

「ちゅっ、ちゅうぅ……んあっ♥　きゃうぅ……エッチなイタズラもくれるの？　んふふ……あんっ♥」

さらに当然のように胸とお尻に手を伸ばし、ふわふわでムチムチの心地良いふくらみを揉んで味わう。

「おや？　こっちはいらなかったか？」

「あうっ、はんんぅ……もちろん、ほしい……んっ、んんぅ……そもそも、裕樹からくれるのは何でも嬉しいし……んあっ……」

「ははっ、そうか。まあいらないって言われてもするんだけどな」

「んくっ、ふあぁぁんっ♥　あうっ、オマンコの中まで、もうイタズラしちゃってるぅ……ああぁっ♥」

パンツをずらし、直接舞由の膣内の様子を指先で確かめる。

「おっと……相変わらず感度良好だな。もう締めつけてきてるぞ」

「んあっ、はんんぅ……だから言ったでしょう？　裕樹のは何でも嬉しくて、感じちゃうんだってば……んんぅ……あぁぁんっ♥」

ぬめった愛液がすでに溢れ出していて、膣壁を撫でるたびにピクピクと全身を震わせて反応する。

「はあっ、はんんぅ……もう、すぐにでもとんじゃいそう……あんんぅ……気持ちいいよぉ、裕樹ぃ……んんっ……」

俺に股間を押し付けるようにして、おねだりしてくる。

もう少し愛撫を楽しもうかと思ったが、よっぽど欲しいようだ。

「よし。そろそろしようか」

さっそく、彼女を横に寝かせて――。

「待って。今日は私からさせて」

「え？　おっ……」

倒れ込もうとする俺の身体をするりとかわし、逆に覆いかぶさってくる。

「舞由からって……でも誕生日だろう？　だから俺からしようかと思ったんだが……」

「むしろ誕生日だから、私の好きなようにさせてほしいの♥　いいでしょう？」

甘えた声と艶っぽく潤んだ瞳で聞いてくる。

こんなふうに彼女から頼まれて、断れる彼氏はいないだろう。

「ふ……わかった。じゃあ舞由に頼もうかな」

「うんっ。たっぷりしてあげるからね♥　ちゅっ、ちゅむっ♥」

キスをしながら、今度は舞由が俺の身体をまさぐってきた。

「はぁ……熱くてしっかりとした胸板……ゴツゴツした感じは、やっぱりたくましくて、クラクラきちゃう……♥」

「いや、たくましいってほどじゃないと思うけどな……」

「私にとっては十分たくましいの。でも、今一番たくましいのは、こっちかな～？」

「くおっ!?」

いつの間にか取り出していた肉棒をしっかりと握り、軽く扱いてきた。

「あはっ、やっぱり♪　はぁ……とってもガチガチのフル勃起おちんちん……触っているだけでゾクゾクしちゃうっ♥」

「おまっ……くっ……段々と言動が卑猥になっていくな」

「でも興奮するでしょう？　私、気付いちゃったんだよね〜〜。裕樹って、こういうことを女の子に言われると喜ぶって♪」

「なっ⁉　そんなわけ………あるかもな」

言われてみれば、確かに興奮しているし、ものすごくそそる。まあ、その言ってくれる相手が、とびきり美少女だからというのが一番の理由だと思うが……。

「あははっ♪　そんなわけで、しっかりおちんちんの準備もできてるみたいだし……じゃあ、私からシちゃうねっ♥」

少し鼻息が荒くなって、張りきった舞由が跨ってきた。

「頼むとは言ったけど、大丈夫か？」

「平気。もう裕樹のおちんちんは慣れちゃってるから。目隠しでも入れられるもんっ♥」

「そ、そんなにか？　おふっ⁉」

しっかりと肉棒を握り、躊躇なく自分の膣口へと押し当てる。

「ほーら、もう先っぽ入っちゃったよー♪」

「お、おお……」

確かにすんなりと、舞由の膣内に亀頭が受け入れられていた。

そして、そのままゆっくりと腰が落ちてくる。

「んあっ、ふあぁ～あ♥　来た来たぁ。あんんぅ……このガッチガチの太いのが入ってくる感じがたまらないの……はんんぅ……じっくりと感じさせてねっ♥」

本当に味わうかのように、軽く舌なめずりしながら、いやらしい軟肉で肉棒を包み込んでいく。こういうところは、やっぱりまだちょっとギャルっぽいな。若さだろうか。

「くぅ……ここも相変わらず狭いままだな……」

隙間なくみっちりと膣内に詰まっていくような感覚が、最高に気持ち良い。

「んあっ、はふうぅ……んっ、んはあぁんっ♥」

ピッタリと舞由のお尻が俺に密着する。全て受け入れると、軽く背中を震わせた。

それに合わせてたわわな爆乳も揺れ、その様子がものすごく卑猥でエロ過ぎる。

「ぐっ、くうぅ……こ、これはキクな……」

挿入してもらっただけだが、もう出てしまいそうだった。

「はあっ、んあぁんっ……んはあぁ～～♥　私も、軽くイっちゃたっ♥　うふふ……やっぱり裕樹のおちんちんはサイコーだよねっ♪」

「そ、そうか？　まあ彼女に言われると一番嬉しいけどな。テンションが上がるよ」

「じゃあそのテンションのままで、いっぱい気持ちよくなってねっ♪　ああぁっ♥」

入れるときとは違い、最初からかなりの速度で腰を上下させていく。

「んぁ、あっ、あぁ……裕樹、ん、うぅっ……♥」

「うぁ……こんなに上手だったかっ⁉　くうぅ……」

驚いてしまうほどに動きが絶妙で、心地良く腰を大きく振っていく。

その腰使いに合わせて、大きなおっぱいが弾んでいるのがまたエロい。

「あんっ♥　あんっ♥　あ、あっ、んくぅっ！　いっぱい、気持ち良くしてあげたくて……あっ、あんっ♥　ちょっと練習しちゃった♪　あっ、んあぁっ！」

ただでさえ下から見上げると迫力のあるおっぱいだ。

それがこうして、たゆんたゆんっと揺れる姿は、犯罪級に卑猥すぎる。

「はっ、はぁぁんっ♥　ああっ、んんぅっ！　でも、私もこんなに動けるとは思わなかったぁ……ああぁっ♥」

「おおぉ……素晴らしい……」

弾む胸を見上げながら、俺は彼女の腰振りを楽しんでいった。

「んっ、んんぅ？　あれ？　今日は弄らないの？　あうっ、はんんぅ……遠慮しないでいっぱい弄ってもいいのに」

「いや、今日は舞由のしたいようにしてもらおうと思ってな。見て堪能する……そう、見てるだけでも……くっ！」

「ちょっ⁉　そ、そんな歯を食いしばって我慢しないでよ……あんんぅ……いいから、おっぱい触って。そのほうが私も気持ちい――」

「よしっ、遠慮なくっ！」

「きゃうっ⁉　あっ、やうぅ……ああんっ！　全然、躊躇してないしっ⁉　ああっ、ふああぁんっ♥」

喜び勇んで下から揉んだ胸は、まるで喜んでいるかのように弾む。

「あぅっ、あんんぅ……ほんとに遠慮しないんだから……あぁぁんっ⁉　やうっ、くうぅんっ♥」

しっかりと手の平でその柔肌を堪能していると、敏感になっている部分が当たった。

「おお……乳首が可愛らしく勃起してるな。ほらほら、こっちもしっかり弄ってやるぞ」

「ふあっ、あうぅ……乳首に語りかけないでよ……あんぅ……よりヘンタイっぽく見えるよ？　んふふ……あぁぁっ♥」

それでも乳首を弄ると、連動するようにギュッと膣内が締まった。

「ははっ。舞由のここ、スイッチみたいになってるぞ」

「あっ、あんんぅ……やだっ、そんな単純な身体になっちゃってるなんてぇ……彼氏が弄り過ぎなんじゃない？　やっぱりおっぱい触るの禁止ぃ〜〜っ！」

「もう遅いっ！」

「ふあぁぁんっ♥　んんぅっ！」

面白いくらいに膣内と連動する乳首を容赦なく弄っていくと、お互いに気持ち良くなりながら高ぶっていく。

「あんぅ……もうっ、おっぱいバカなんだから……。こっちのほうでも気持ちよくなってっ♥」

「くおっ⁉」

まだまだ余裕がある舞由がさらに張りきって、腰の動きが半端なく良くなっていく。

「は、激しすぎる……舞由っ、これは飛ばしすぎだろ」

「あっ、あぁぁんっ♥　だって私も結構、来ちゃってるから……あぁんっ！　これくらいしないとっ、裕樹と一緒にイけないしっ……あっ、はぁぁっ♥」

「それは嬉しいが、さすがにここまでされると俺のほうが先に……くぅっ⁉」

「ふやあぁんっ⁉　あっ♥　こっちも下がってきちゃたぁっ♥　んあぁぁんっ♥」

限界が近い亀頭に、熱い唇が吸いついてくる。

舞由の子宮口が迎えに来たようだ。

「ふあっ、あっ、はあぁぁっ♥　お腹の奥がキュンとしてっ……、ポカポカになってるのおっ♥　はあっ、あぁぁっ！　ほしいよぉ……裕樹の濃厚なのが欲しくてっ、身体がうずいちゃうぅっ♥」

爆乳のエロい揺れと、絡みつく膣内の襞と締めつけ。

そして無邪気に精液を欲しがって吸いつく子宮口。

こんな状態ではもう、数分も耐えきれない。

「はぅつ、ふあぁぁんっ♥　あっ、あぁぁっ！　おちんちんのビクビクっ、激しくなってるっ？　んんぅっ！　硬い先がグングン奥に届いてっ、こじ開けられそうにぃ……あぁあぁっ♥」

「ああ……すまない、舞由っ、もう出るっ！」

ドププッ！　ビュルッ、ドパドパッ！　ドビュククククーーーーッ！

「あぁぁんっ!?　あっ、しゃせーっ、来たあぁぁっ♥」

舞由が達する前に、暴発気味で射精する。

俺のその動きが、彼女を一気に刺激したようだ。

「きゃうっ!?　んやあぁっ♥　ああっ、満たされてっ、とびゅっ、とびゅううううぅぅぅっ♥」

たっぷりと注ぎ込んだ中出しで、舞由も絶頂した。

「んんっ、んはあぁ……はあっ、あぁぁ……またいっぱいプレゼントっ、もらっちゃったぁ♥　あんぅ……」

「ああ……でもむしろ俺のほうが、たくさんもらったような気もするけどな。とっても気持ちよかったぞ、舞由」

「うんっ♪　んはあぁ……私もいっぱい気持ちよくしてもらってっ、幸せだよ♥」

「そうか……本当に俺にはもったいないくらいの、良い彼女だよ。お前は……」

「ああんっ♥ あはっ♪ まだ出てる……んんっ、んはぁ……♥」

まだまだ射精の勢いが止まらない俺は、彼女の中に最後まで注ぎ込む。

それを受け止めながら、愛しそうに微笑む舞由は、まさに天使のように見えた。

この子を、もう絶対に離したくない。

「あっ……裕樹……」

ギュッと握った彼女の手は、とても温かかった。

「……あ……そう言えば私、ちゃんと名字を教えたよね？」

「ん？ ああ。上里だろう？」

「教えておいてなんだけど……私が『上里』でいる時間は、あまり長くないかもね」

「……舞由が望むなら結婚してからでも進学していいんだぞ？ 俺は別に構わないからな」

「え？ ああ……そういう選択肢もあるよね……うん。まだ時間があるからじっくり考えるよ」

「そうだな。舞由が思うようにしたら良い。俺はその進む道に寄り添って行くだけだから」

「うん……ありがとう……」

これからどうなるかなんてわからないが、その先にはいつも舞由がいる。

それだけは自信を持って言えた。

エピローグ 本当の未来のために

復帰した後、舞由は卒業までしっかりと学校へ通った。

家族への反発もあってサボりがちだったが、もともとの出来が良かったのだろう。

進学も可能だったが、それについては少し保留することになった。

「だって、私が卒業するまで待ってもらっていたら、裕樹、おじさんになっちゃうよ？」

「いや、今もおじさんと呼ばれるくらいの年だぞ？」

「だったら、なおさらだよ。それに、子供を産んで、手がかからないくらいまで育ててから、どうするか考えても遅くないでしょ？」

「そうなのか？」

「うん、そうだよ♪」

そんなふうに説得されて、俺と舞由は結婚した。

当然、舞由の実家には結婚の許可を得るために挨拶に行った。

歓迎はされていないのはわかっていたし、反対をされることも覚悟していた。

俺と彼女の関係を認めてもらえるまで、何度だって通い、話をする覚悟だった。

しかし意外なことに、舞由の大きな変化もあってか、むしろ俺に感謝をしてくれていたようだ。娘をよろしく頼むと、泣きつかれてしまったほどだ。

躾《しつけ》がいき過ぎてはいたが、娘を愛していないわけではなかったようだ。

もっとも舞由との間にある溝を塞ぐのには、まだまだ時間がかかりそうではあるが。

こうして、俺たちは恋人から夫婦になった。

そうなれば責任は重大だ。彼女を守っていくためにも、今まで以上に仕事をこなす毎日だ。

俺の望みは叶った。後は、彼女がもっとも願っていることを叶えるだけ。

そのためにも――。

「あっ⁉　ふぁあぁんっ♥　おちんちんっ、いっぱい入ってくるぅっ♥　はうっ、くんんぅっ♥」

腰を軽く前後させると、舞由が甘い声をあげる。

俺たちはいつも通りに、家でイチャイチャしながら、セックスを楽しんでいた。

「くっ⁉　おお……この張りついてくるような襞の感じ……たまらないなっ」

「んあっ、はあぁんっ♥　私のオマンコっ、裕樹のおちんちんしか入ったことないからっ、んっ、んんぅっ！　その形になっちゃってるの……だからピッタリフィットするのかも♥」

「かもしれないな。まあ、それ以前に身体の相性が良かったのかもしれないけど」

「んんぅっ！　うんっ、うんっ、そうかも♪　あんぅ……私、運命の人に拾われて、ほんとに良かったぁ♥　あぁぁっ♥」

もう数え切れないほどしているはずだが、まったく飽きることはない。

むしろ舞由を抱くたびに、彼女の色々なことが知れるので、もっとのめり込んでいるような気がする。

「まあ、救われたのは俺のほうだけどな。こんなエロくて美人な彼女ができて、毎日が楽しくて、すごく充実してるよ」

「んはぁっ♥　あっ、あんっ、私も……んんぅっ！　裕樹と一緒にいてっ、いっぱい色々なことを教えてもらったよ♥　んっ、んあぁんっ！　特にエッチなことはぜ～～んぶっ♥　んんぅっ！」

「ははっ。それは間違いないな」

「んあっ、ふあっ、あぁぁっ♥　どんどんエッチになってぇ……いっぱい裕樹に愛されるのぉっ♥」

「おっ、また締まるっ……くっ……」

竿を捕らえて放さないような、ねっとりと絡みつく膣内。

その奥からは、まるで漏らしてしまったような大量の愛液が溢れ出て、股間周りはグチヨグチョだ。

ペニスが出入りするたびに粘つくような水音を奏でる。

「あっ、あっ、エッチな音、しちゃってる……んああっ」

自分の体から聞こえてくる淫らな音に、舞由は羞恥だけでなく、よりいっそう強く興奮してきているようだ。

「んんぅっ⁉　きゃあぁんっ♥　あっ、もう届いちゃってる……んあっ、あああぁっ♥　私の奥を、ノックしてるのぉっ♥　あうっ、んんぅっ！」

「くぅ……何度突いても、ここの感触はやばいな」

俺の動きに合わせ、舞由が腰をくねらせる。単調な前後の動きに捻りが加わり、刺激が変わる。

すっかりと降りてきている子宮が、精液をねだるように、亀頭へ何回もキスをしてくる。

「あっ、ああぁっ♥　私もっ、すっごい、やば〜〜ぁっ♥　ああぁんっ！　やばいのっ、すぐに来るううぅっ！」

力強く小突くたびに、舞由の体が喜びに震える。俺たちはさらに強く、深い快感を得るために、お互いを貪るように求め合う。

「あぁぁっ、頭が真っ白になるのぉ……ああぁんっ！　もう無理っ、これっ、奥、とんとんって、だめ、だめぇっ！！」

ポルチオを刺激され、舞由は昂ぶり、絶頂へと向かっていく。

「はあっ、あっ、ひっ！　ん、くううううっ！　あ、あ、あっ、ああああっ」

ぱくぱくと口を閉じ開きし、目尻に涙を浮かべる。

「い、いく、いくっ、あっ、あっ、イっくぅううううっ♥」

ベッドの上で舞由が大きく背を反らし、子宮口が亀頭にひっついて震えた。

まずは大きく一回、絶頂に達したようだ。

「まだ、これで終わりじゃないぞ？　舞由、このまま……続けて、もっといっちゃえっ」

達したばかりの彼女の膣内を張り詰めたカリ首で擦りあげる。

「ふやあぁんっ!?　んはっ、はあぁぁっ♥　イってるのにっ、激しすぎぃっ！　んっ、んんぅっ！」

眉根を寄せ、目を見開いて、引っ切りなしに喘ぐ舞由。

淫らで、可愛くて、もっともっと感じさせたくなる。俺の手でイカせたくなる。

「あーっ、あぁっ、あっ、だめ……らめっ、またいくっ、続けて……いっちゃ……あ、あ、すごいの、きちゃううぅっ♥」

膣内が細かく痙攣し、膣口も思いっきり締めつけてくる。

熱烈に射精を促してきているようだ。

「はあっ、はあっ、くんんぅっ！　はうぅ……気持ちよすぎて、頭がパンクしちゃいそうらのぉ……はあっ、んんぅっ！」

「くっ……膣内《なか》が大変なことになってるぞ、これ……ああっ、まずい。そろそろ限界だ……」

「んぇぇっ!? あああぁんっ♥ うんっ、うんっ、きてぇっ♥ あああぁっ！ そのまま、私の中にぃっ、出してぇっ！」

「……え？ うわ、ちょっ!?」

彼女の脚が、ガシッと俺の腰をホールドした。

その勢いで、肉棒が深く入り込み、彼女の子宮口により強くキスをする。

「んんぅ～～っ！ 今っ、すっごい届いてるのぉっ！ 私の赤ちゃんのお部屋にぃっ、おちんちんの先っ、グチュンってぇっ♥」

「ああ……よく伝わってきてるぞ。舞由のいやらしい子宮口が……くおっ!?」

「んゆっ!? ふああぁっ♥ おちんぽビクンって、してりゅううぅっ♥ ふあっ、ああぁんっ！ これっ、出るれしょっ？ せーえきぃ……あああぁんっ♥ 出して出してっ、裕樹のせーえきぃっ♥ 私の奥で遠慮なくっ、いっぱいっ、いっぱいっ、出してええぇっ♥」

「ああ……舞由っ！」

「んんぅっ！ ふあっ、ああっ、裕樹ぃ～～っ♥」

強く求められ、俺の本能も昂ぶっていく。

「はあっ、はあっ、んはあぁぁっ♥　子宮が落ちしゅぎてっ、おちんぽ当たりまくりゅううぅっ♥」

「おおっ⁉　ぐっ！」

子種を求めるメスを孕ませようと、精液がせり上がってくるのを感じた。

「あぁぁっ♥　しっかり、バッチリっ、受け止めりゅううぅっ♥」

それを察した舞由は、さらにぎゅっとしがみつき、全身で俺を受け止めようとしていた。

「はっ、はあっ、あぁぁっ♥　裕樹ぃ……しゅきいいいいぃっ♥」

「おおぉっ！」

ドックンッ！　ドププッ！　ドビュルルルッ！

たっぷりの精液が勢いよく肉棒を通り過ぎ、亀頭から噴き出す。

「はあああぁぁっ！　しゅごおおおぉぉぉっ♥」

待ち構えていた子宮口が、まるで喉を鳴らしているかのように、ヒクつきながら精液を飲み込んでいく。

「ふあっ、くんううぅっ！　んはっ、はあああぁ～～っ♥　温かいのがっ、奥で広がるぅ……♥　んあぁんっ……これぇ、サイコおおぉ～～っ♥」

射精で肉棒が跳ね上がるたびに、膣内全体が震え、締めつけてくる。

「……ふうぅ……取りあえず、これで最後だな」

「あぁぁんっ♥　んんっ、ふあぁぁ……搾りたての濃厚ザーメンぅ……たっぷりもらっちゃったぁ……♥」

最後まで脚を放さなかった舞由は、注ぎ込まれた精液の感覚を味わうようにして、うっとりとしていた。

「ま、またそんな卑猥な言葉を使って……おおぅっ⁉」

「あはっ♪　そんな言葉を聞いて、ここをおっきくさせてるの、裕樹じゃない」

艶っぽい笑みを浮かべ、舞由は淫らに腰を揺する。

「お、おお……くっ！」

かなりの量を射精したはずだが、不思議と勃起はおさまらない。

これは本当に舞由の卑猥な言葉に反応してるのだろうか…………いや、それだけではない気がする。

「あんんぅ……イきまくって、せーえきもいっぱいもらったんだけど……まだ足りないのぉ……これってわがままかな？　裕樹ぃ……♥」

舞由は潤んだ瞳を向けながら、まだ放していなかった脚を使って、自分から俺を腰ごと引き寄せようとしてきた。

濡れた襞と亀頭が擦れ、ゾクゾクとした刺激が背筋を這う。

「ははっ、やっぱりな。実は俺もなんだっ」

「やうっ⁉ くううぅんっ♥ あっ、さすが裕樹ぃ……やっさしぃ〜〜っ♥ あうっ、んんぅっ♥」

同じく物足りなかった俺は再び、まだヒクついている膣内を遠慮なく行き来し始める。

「はうっ、んはあぁんっ♥ やっ、やあぁんっ……せーえきがグチュっていってて、いっぱい擦り込まれそう……どんどんエッチになっちゃう……あっ、んはあぁんっ！ 裕樹のおちんちんっ、だ〜〜い好きぃっ♥」

「こらこら……好きなのは、俺のちんぽだけか？」

「え〜〜？ あんんぅ……どうかな〜？」

そんなことを言って、イタズラな顔をして笑う。

さっきまでのがウソのように、かなり余裕が出てきたみたいだ。

「ははっ、このスケベめ。よーし、わかった。ちゃんと答えるまで、イかせまくるぞっ」

「んえぇっ⁉ やあぁんっ♥ はうっ、くんんぅっ！ あっ、やだっ、そこ、こじ開けちゃ……やあぁぁんっ♥」

精液がたっぷり詰まった子宮口を、思いっきり亀頭で小突くと、また気持ちよさそうに全身を震わせた。

「ああっ、とぶっ、とびゅううぅっ♥ はうっ、くんんぅっ！ これっ、しゅごぉ……イきしゅぎるううぅっ♥」

突き上げてポルチオを突き上げ、刺激するたびに、膣奥から精液と一緒に愛液が噴き出る。

　膣を出入りするたびに、精液と白く濁った本気汁が泡立ち、結合部との間に幾筋も淫らな糸を引く。

　快感が強すぎるのか、舞由は耐えきれないとばかりに、体をくねらせ、腰を震わせる。

「ふあぁあぁっ!?　はふっ、んあぁあぁっ♥　あうっ、こんなに何回もイかされちゃったらぁ……頭ぁ、おかしくなりゅっ♥　なっちゃうぅぅぅっ」

　大きな乳房をたぷたぷと上下に揺れ踊らせながら、何回も軽イキをしているようだ。

「おお……またこんなに締めつけてきて……そんなに俺のちんぽが好きなのかっ」

「あんぅっ！　も、もう降参……降参らからっ、奥……いじめるのっ、やめぇ……はううんっ♥」

「ほほう……それならほら、ちゃんと言ってくれ」

「んっ、んんぅっ！　あっ♥　あっ♥　ホントはだいしゅきぃっ……裕樹が一番っ、だいしゅきいいぃ～～っ♥」

「……知ってるよっ」

　何回も絶頂し、ぐちゃぐちゃになっている膣内を、とびきりの愛情を込めて肉棒でかきまわす。

「きゃあぁんっ⁉ ふああぁっ！ ま、またそこっ、コツコツしちゃってりゅううぅっ♥」

俺の腰に絡みつかせている脚に力が入り、より密着してくる。

「ぐっ⁉ こ、これはちょっと脚もアソコも締めすぎ……ああっ！ また出るぞっ、舞由っ！」

「はうっ、んはあぁっ♥ ああっ、いいぃっ！ いっぱいまたちょうらいぃっ♥ んっ、んあぁっ！ 元気なせーえきっ、注ぎ込んでっ、孕ましぇてええぇ～～っ♥」

「そらっ、受け取ってくれっ！」

ドクドクドクンッ！ ドブブッ！ ドププププッ！

「ふはあああぁっ♥ できちゃう、できちゃうよぉー！ イッきゅううううぅぅぅぅ～～～～っ♥」

再び絶頂で震える膣奥へ、２回目の射精を放つ。

「はあっ、んくうぅっ♥ 元気なせーしっ、また注がれてりゅのおぉ……はあぁっ！ あはああぁっ♥」

「ぐっ……す、すごいな……」

自分でもどこに蓄えていたのかと思うくらいの、大量の精液が舞由を満たしていく。

「んくっ、ふはああぁ～～」

しっかりと最後まで子宮で精液を受け止めた舞由は、視線が宙をさまよっている。

よっぽど感じてくれたようだ。

「はっ、はっ、ん、あ……はあっ、はうぅ……もう、無理ぃ……これ以上イったらぁっ、ほんとうにバカになりゅぅ～～……ふへぇぇ……♥」

まだ快感の余韻の中にいるのか、蕩け切った顔をして独り言のように呟く。

……少し、調子に乗りすぎたかも。

「ん……裕樹……好き……大好きぃ……」

「ありがとう、舞由。俺も大好きだぞ」

「んあっ♥　はあぁぁ……うん……♥」

まだ彼女の脚は、俺を抱え込んだままだ。

気持ちが落ち着くまで、しばらく抱きしめ合った。

「んっ、ちゅ……んふふ……それにしても、お腹いっぱいもらっちゃったね……これでもう、できたかな？」

「さすがにそれは、俺にはわからないな」

「ん……すぐわかればいいのにね。早く、裕樹の赤ちゃんがほしいのに」

そんなことを言いながら、舞由が自分のお腹を優しく撫でた。

舞由の願い――それは俺との子供が欲しいということだ。

もちろん、その願いは俺の願いでもある。

だからこうして時間があればセックスをして、しっかりと中出しをしている。

まあ、時間がなくても、することはしているんだけれど……。

「ん……ずっと一緒だよ、裕樹……これまでも、これからも……」

「ああ……将来できる子供も一緒にな」

「そうだね……じゃあ、早く家族を作らないとっ♥」

「おっ!?　まだするのか……望むところだっ」

こうして、あの雨の日に拾った彼女と、いつまでもいちゃつきながら。

時間はいつまでも、ゆったり過ぎてゆくのだった。

あとがき

みなさま、ごきげんよう。愛内なのです。

年の差ヒロインとのイチャラブシリーズ！　というノリで今回も書かせていただきました。見た目によらず一途なかいがいしさを見せる舞由は、いかがでしたでしょうか。いつもよりちょっと、しっとり描いてみたつもりです。

仕事に疲れた主人公を癒やしてくれる、とっても良い子として活躍してもらいました。年齢以上に色っぽい彼女との、充実の毎日をぜひお楽しみ下さい！


それでは謝辞です。

挿絵の「浅ひるゆう」さん。今回もご協力いただき、ありがとうございます。再びギャルヒロインでのお願いとなりましたが、カラーカットでのエッチな姿も最高でした！

またぜひ別企画でも、よろしくお願いいたします。

それでは、次回も、もっとエッチにがんばりますので、新企画でまたお会いいたしましょう。バイバイ！　今年はいろいろ、企画しております！

２０２１年２月　愛内なの

ぷちぱら文庫 Creative

雨《あめ》の中《なか》、ギャルを拾《ひろ》う。
～アラサーリーマンと家出少女《いえでしょうじょ》の淫靡《いんび》な関係《かんけい》～

2021年 3月31日　初版第１刷 発行

■著　　者　　愛内なの
■イラスト　　浅ひるゆう

発行人：久保田裕
発行元：株式会社パラダイム
〒166-0004
東京都杉並区阿佐谷南1-36-4
三幸ビル4A
TEL 03-5306-6921
印刷所：中央精版印刷株式会社

PPC260

▼シリーズ既刊作品▼

陰キャオタクの俺が金髪ギャルと結婚!?
ぷちぱら文庫
Creative 242
著：愛内なの　画：浅ひるゆう
定価：本体790円（税別）
明るく可愛い巨乳ギャル！
俺を好きってほんとうですか!?
子作りまでしろってどういうこと!?
街でも評判の美人姉妹。その姉とのお見合いを、兄の代わりに言いつけられた博雄だが、現れたのは妹の恵里だった。スタイルも性格も良く、学園でも一番の人気者ギャルだ。お互いに驚くが、元々受けるつもりだった婚姻なので、そのまま卒業までふたりだけで同居することに。意外にも趣味の合った恵里と初体験し、一途な彼女から求められる幸運な同棲生活が始まって!?